ENCRUZILHADAS SUBURBANAS

ENCRUZILHADAS SUBURBANAS

ORGANIZAÇÃO
PEDRO MACHADO

oficina
raquel

© Pedro Machado (Organizador), 2023
© Oficina Raquel, 2023

Editores
Raquel Menezes
Jorge Marques

Assistente Editorial
Phillipe Valentim

Revisão
Oficina Raquel

Capa, diagramação e projeto gráfico
Paulo Vermelho

Dados internacionais de catalogação na publicação (CIP)

E56   Encruzilhadas suburbanas / organização Pedro Machado.
        – Rio de Janeiro : Oficina Raquel, 2023.
        184 p. ; 21 cm.
        ISBN 978-85-9500-096-4

        1. Literatura brasileira 2. Subúrbios 3. Rio de Janeiro
I. Machado, Pedro.

CDD B869
CDU 821.134.3(81

Bibliotecária: Ana Paula Oliveira Jacques / CRB-7 6963

rolé literário — Esta antologia literária foi realizada em parceria e com a curadoria do Mutirão Cultural Rolé Literário.

oficina raquel
Mais que livros, diversidade

R. Santa Sofia, 274
Sala 22 - Tijuca, Rio de Janeiro - RJ, 20540-090
www.oficinaraquel.com
oficina@oficinaraquel.com
facebook.com/Editora-Oficina-Raquel

SUMÁRIO

PRIMEIRO CAMINHO – DOS RETRATOS

O Curioso caso do mendigo escritor – **Fábio Carvalho**, 13
Folhas de Outono – **Janaína Nascimento**, 19
Domingo de Carnaval – **Ceci Silva**, 25
A Jabuti Iaiá – **Marcel Felipe Omena**, 29
A Língua da Vizinha – **Fabiana Silva**, 43
A Volta do Prometido – **Flavio Braga**, 49
Ano Novo, Vida Nova – **Tamiris Coelho**, 53
Cutia Não – **André Costa Pereira**, 61
Tendinha – **Philippe Valentim**, 65

SEGUNDO CAMINHO – DOS DESGOSTOS E TENSÕES

Mancha Branca – **Luly Tavares**, 73
Cidade Rasgada – **Michel Saraiva**, 79
Libertação – **Rosana Rodriguez**, 87
Negão Metido – **Eliseu Banori**, 91

TERCEIRO CAMINHO – DA MEMÓRIA

A Casa de Meu Pai – **Dandara Suburbana**, 101
Só as mães são felizes? – **Drika Castro**, 117
De Eşu para Odara – **Márcia Pereira**, 121
Segunda – **Marcio Sales Saraiva**, 127
Jornada Suburbana – **Paula Ferraz**, 129

QUARTO CAMINHO – DAS METAMORFOSES

Rupturas – **Sued Fernandes**, 135
A Arte que grita – **Matheus Soares**, 141
Ramos como testemunha – **Sylvia Arcuri**, 145
O dia de Janaína e Sebastião – **Pedro Machado**, 153
Marina – **Angelica Alves**, 165

Autores que Escrevem Diariamente
Encruzilhadas Suburbanas, 176

Manifesto do Multirão Cultural Rolé Literário, 180

APRESENTAÇÃO

por Pedro Machado

Quando recebi dos integrantes do Rolé Literário o convite para organizar a sua primeira antologia de contos, tive inicialmente duas preocupações afetivas: organizar a obra de modo que a atividade do Rolé Literário estivesse nela refletida de forma fiel e estruturar a obra de modo que os subúrbios se reconhecessem nos textos. Desse modo, a *Encruzilhada* se deu como presença a mim e aos integrantes do Rolé. Os caminhos chegam na encruzilhada ou começam nela? Os subúrbios são encruzilhadas, tanto pelos encontros que permitem, quanto por serem pontos seminais de cultura. Como pensar cultura sem pensar os subúrbios do Rio? Para não dizer do samba, do funk, do pagode, das festas, como não lembrar da defesa que Lima Barreto fazia dos subúrbios, como não atentar para o fato de que

Cruz e Sousa, quanto esteve no Rio, foi morar no subúrbio, que Solano Trindade morou na Baixada Fluminense. Cada subúrbio é uma encruzilhada de gentes e culturas. Não poderia ser diferente neste livro, em que encruzilhadas de narrativas e personagens refletem essas gentes e culturas. Falamos de subúrbios, não de subúrbio. O singular aqui não se aplica e chega a ser agressivo, tentando encaixar em um estereótipo o que é o suburbano. Ao contrário, a atividade do Rolé Literário destaca a diversidade dos subúrbios, cada um deles internamente também marcado por essa diversidade. Nada seria mais próprio para exaltar os subúrbios do Rio na Literatura do que a diversidade de autores e narrativas, nas diversas encruzilhadas que os caminhos dessas narrativas podem encontrar. *Encruzilhadas Suburbanas.*

O primeiro caminho de narrativas, Dos Retratos, forma um retrato de vivências dos subúrbios. Não um retrato no sentido de panorama completo e acabado de como são os suburbanos. Um caminho assim levaria inevitavelmente à estereotipação e à imagem tão corrente do suburbano como "tipo". Não são tipos, são pessoas e a literatura é sempre sobre pessoas. Portanto, no primeiro caminho de narrativas da obra, se faz um retrato, fragmentado, da dinâmica dos subúrbios. Aqui se pode encontrar da narrativa que evoca a herança incontornável de Lima Barreto até o habilidoso conto de causos. Em alguns passos, as tenções e desgostos aparecem sob o véu de leveza e bom humor; em outros passos desse caminho, a leveza e o bom humor são o que são. As autoras e autores nos guiam por um passeio pelos subúrbios, onde vislumbramos um mendigo com uma estranha mania pelas ruas da Tijuca, o primeiro amor interrompido

Apresentação

da pequena Jeane, a reflexões de uma passista no domingo de Carnaval, os afetos das vivências familiares em torno do jabuti Iaiá, a fofoca sobre a travesti Pantera e Jorjão, a volta do Esperado pelas ruas, a leveza da alegria sem freio e sem motivo dos bêbados em um táxi, a confusão na casa da grávida Queila sob o olhar fofoqueiro de Dona Neide e as desventuras e a inusitada ventura de Carlinhos e Paulo.

O segundo caminho, Dos Desgostos e Das tensões, explicita em quatro narrativas questões que mostram quão complexas são as redes de opressão e violência nos subúrbios. As autoras e autores dessas narrativas nos guiam por um caminho de passos dolorosos. Desde as irônicas inquietações na escola até o abuso policial na favela em todo o seu absurdo. Desde a opressão implacável de um marido autoritário sobre sua esposa até o racismo onipresente sobre a vida de Zé. A rede de opressões dentro dos próprios subúrbios se revela complexa. Esse caminho tem um título duplo, pois se as tensões sociais causam tais desgostos, esses desgostos, por sua vez, causam outras tensões. É um círculo vicioso de problemas sociais que, não solucionados, criam tantos outros e nos revelam como a população dos subúrbios permanece abandonada, e até mesmo francamente hostilizada, pelos poderes públicos.

O terceiro caminho, Da memória, trafega entre o biográfico, o autobiográfico e a ficção. Suas autoras e seu autor nos guiam, por cinco narrativas, por passos de afetos e lembranças. Passos de memória: quando o que parece ausente se mostra presente em todo o seu fulgor. Aqui já não há barreira entre vivos e mortos, passado, presente e futuro. Aliás, não há verdadeiramente mortos neste caminho, pleno da espiritualidade afro-brasileira, do abraço paterno, da proteção materna, do carinho da avó e do olhar afetivo de uma menina preta sobre o subúrbio em que cresceu.

O quarto caminho, Das metamorfoses, traz a vivência de personagens que vivem, se transformam e criam apesar de todos os desgostos, tensões e destruições. São passos de superação, não no sentido romântico de uma "resistência" ou do "dar a volta por cima" meritocrático. As raízes dos subúrbios, ou seja, dos que viveram e vivem nos subúrbios, foram fortes o bastante para não serem arrancadas ou mortas por todas as violências, abandonos e desgraças que se abateram sobre essas pessoas por gerações até hoje. As autoras e os autores nos guiam, nas cinco narrativas desse caminho, por passos de necessárias rupturas e de autoconhecimento, de libertações comoventes por meio da poesia, do samba, da espiritualidade, do afeto profundo e dos encontros com que a ancestralidade nos presenteia.

Mas, e o quinto caminho? Quem vive a encruzilhada, sabe bem que há um quinto caminho. O quinto caminho destas Encruzilhadas Suburbanas, já não cabe nas folhas deste livro, nem de livro algum. Começa no ponto seminal destas Encruzilhadas e seus passos, partidos daqui, se direcionam ao enigmático coração do leitor.

PRIMEIRO CAMINHO
DOS RETRATOS

"Eu sou assim.
Quem quiser gostar de mim
Eu sou assim."
(Paulinho da Viola – Meu mundo é hoje)

O CURIOSO CASO DO MENDIGO ESCRITOR

Por Fábio Carvalho

O que vamos contar aconteceu há alguns anos. O local da ação foi um subúrbio do Rio de Janeiro chamado Tijuca. Para alguns, soa estranho dizer que o tijucano é um suburbano, mas é. Infelizmente, por questões históricas que ultrapassam os objetivos de nossa narrativa, os cariocas passaram a associar subúrbio com falta, precariedade e outras visões negativas. Sendo assim, alguns bairros da zona norte quiseram se afastar dessa visão e negaram sua suburbanidade. Os tijucanos, os moradores da Vila da Penha e de outros arrabaldes cismam em dizer que são a Zona Sul da Zona Norte. Obviamente, um delírio coletivo.

Apesar de suas ruas com nomes de condes e barões, como o Mesquita e o Bonfim, ou de alguns moradores e moradoras tentarem negar a presença de seus históricos morros do Salgueiro, Borel e Formiga, a Tijuca não é rica. É necessário dizer isso, pois mesmo com mapas, GPS, decretos municipais e a queda de renda visível demonstrando o erro, o delírio é persistente. Caso perdido. Lembra muito aquela prima chatinha, que todo mundo tem, com ares de grandeza, porque mora em uma lata de sardinha em um bairro dito nobre. Contudo, a priminha passa perrengues para comprar a caixa de trinta ovos por dez reais. Enfim, sigamos nosso escrito.

Nesse pedaço das terras dedicadas a São Sebastião, um mendigo esmolava. Nenhuma novidade nessa cena. Cartão postal de qualquer grande metrópole e nem merece, na maioria das vezes, qualquer narrativa. Mas aquele indivíduo tinha uma característica: pedia dinheiro e rabiscava um caderno.

Pedia:

– Uma moeda! - riscava.

– Uma moeda! Me dá uma moeda! – não implorava. Quase exigia e riscava o caderno. O que escrevia? Não deixava ninguém ver.

Um sujeito curioso, que conheci por essas bandas, sempre dava algumas moedas. Ele dizia que talvez o mendigo anotasse para Deus o nome dos que não o ajudavam. E isso seria cobrado. Caridade por temor a Deus. Pode ser. Respeito isso. Embora o temor desse cara não fosse muito grande, pois, que me lembre, a salvação de sua alma só valia até cinquenta centavos dedicados ao morador de rua.

Quando eu expunha que ele era um sovina, recebia a seguinte resposta:

– Ora, de grão em grão, a galinha enche o papo... Eu ainda ajudo e quem passa reto?" – Olhava para ele e pensava que sua manifestação era um tanto cínica quanto, de certa forma, mística. Daria, aliás, uma intensa discussão sobre ética, porém nunca tentei discutir. Tinha preguiça.

Bem, a imagem do pedinte me saiu da cabeça. Nunca mais vi esse sujeito. Até que em um início de tarde, passando ali, a caminho do trabalho, reencontrei o "mendigo escritor". Achei sensacional! O apelido diz muito sobre a situação de quem tenta seguir o caminho das letras nesse lugar em que o melhor ofício é ser digital influencer e político.

Como todo morador de rua em um bairro suburbano, o curioso escrevinhador maltrapilho tinha explicações, criadas pelo povo do lugar, para justificarem sua situação. Elas, no geral, eram como todas as lendas sobre essas pessoas. Variam entre abandono familiar e o "usou muito tóxico e ficou maluco", passando, vez por outra, pelo relato da descoberta de uma suposta traição amorosa que o fez entrar em desvario. No final, ninguém sabia de onde vinha e nem quem era.

Era hora do almoço naquele dia. Decidi parar em um boteco pé-sujo dali antes da labuta e comer um prato feito antes de partir para ser explorado como mão de obra barata. Enquanto pedia a refeição, observava o esfarrapado sentado na sarjeta sem camisa, de bermuda jeans surrada, barba e cabelos longos, rosto macerado pelo sofrimento e boca visivelmente desfalcada de alguns dentes.

– Uma moeda! – ninguém dava. Escrevia. Não sei quanto tempo fiquei ali, mas minha contemplação foi subitamente interrompida quando vi meu prato chegando. Na verdade, o que me fez esquecer tudo foi o fato de perceber o prato descendo e, diante de meus olhos, pousando na mesa com o dedo polegar do dono do bar acariciando minha alface que fugia, abundante, pelo lado do prato.

Tudo seguia aborrecidamente igual na indiferença ao descamisado. Até que algo extraordinário aconteceu. Uma jovem senhora, bem vestida, que eu nunca tinha visto. Parou na frente do rapaz. Tentou estabelecer uma conversa. Da mesa plástica do bar eu ouvia. Parei, inclusive de saborear meu PF de calabresa acebolada para ouvir. Estavam perto de onde escolhi me alojar.

– Oh, meu Deus! Moço, o senhor está com fome? -perguntava.

– Uma moeda! – dizia o escritor de rua.

– O senhor quer que eu compre uma comida pro senhor? Uma água? – insistia a distinta mulher.

– UMA MOEDA! – dizia mais alto o rapaz abandonado. O aumento no tom de voz chamou a atenção da rapaziada do bar.

A mulher, visivelmente penalizada, percebe que é inútil falar com o sofrido moço. Abre a bolsa. Tira dela, diante de meus olhos incrédulos, uma nota de cem reais. A dá ao mendigo escritor. CEM REAIS! Azulzinha, recém saída de um banco. Ainda durinha como as notas novas. Quase pude sentir o cheiro do papel-moeda virginal. Aquele dinheiro ainda não tinha a mácula das dobras e do desgaste da circulação. Um numismata choraria por aquele belo objeto em sua coleção.

O mendigo deixa o caderno de lado. Pega a nota e parece estranhar. A segura com as duas mãos. Examina, arregala os olhos. Olha a nota, encara a mulher com cara de bobo. As pessoas no boteco assistem a tudo estupefatos. A mulher sorri. Feliz em fazer brilhar o sol da caridade naquela alma sofrida.

De repente, ocorre o imponderável: o homem rasga a nota e amassa seus pedaços com raiva. Torna tudo uma bolinha azulada e a arremessa com a pontaria de um astro do basquete no bueiro boca de lobo. Ninguém acredita no que vê. A mulher boquiaberta, o pessoal do bar entre a gargalhada e a indignação.

Finalmente, o escritor pega o caderno espiralado de folhas pautadas, a caneta esferográfica azul com uma das mãos e se levanta segurando a calça larga a cair com a outra. Começa a caminhar para longe dali, porém ainda tem tempo de se virar indignado para a jovem senhora e dizer:

– Eu te pedi uma moeda! Uma moeda!!! Não uma nota!

Naquele dia, percebi que até os desvalidos tijucanos são cheios de manias e vontades.

FOLHAS DE OUTONO

Por Janaína Nascimento

Outono chegou! E, com ele, o tapete formado por folhas brilhantes e coloridas, uma paleta variada começando pelo verde, passando pelo vermelho, amarelo e alaranjado. Para quem aprecia tais mudanças diretamente das varandas de seus sobrados antigos é um espetáculo. Mas, para a galera que limpa as ruas, varrer folhas de amendoeira diariamente pode ser um fardo às vezes.

Jeane morava no sobrado azul, apreciava essas transformações da janela do seu quarto ou da varanda do quarto do seu avô. Morava na rua principal do bairro, quase ao lado dos Correios. A rua concentrava quase todo o comércio local. Tinha duas sapatarias, bar com comida caseira, casa de construção, loja de roupa no estilo armarinho, sapateiro, fliperama, mais bares, loja de móveis, relojoaria, vidraçaria, e uma padaria lá na rua transversal da esquina. Ao lado da padaria ficava a sede da escola de Samba que ia até a outra quadra e dava na rua da igreja do padroeiro do Bairro: São Sebastião. Era uma mescla e no sobrado ao lado do que Jeane residia, quem atendia era um cirurgião dentista.

Quando começou a febre dos mini salgadinhos nos subúrbios, abriu uma lanchonete dessas bem ao lado, tinha também os camelôs que vendiam de calcinhas a cigarro falsificado e até panelas. Tinha também uma Kombi que vendia caldo de cana. Na parte de cima desse diversificado comércio tinham outros tantos sobrados, prédios e um terreno baldio onde alguns camelôs guardavam suas mercadorias.

O avô de Jeane era conhecido e considerado, tinha conta em muitos desses comércios, numa época em que o que contava era a palavra. Jeane vaidosa desde pequena, como uma boa filha de Oxum, aproveitava. De frente pro sobrado de Jeane, tinha um bar que às sextas-feiras promovia uma seresta que varava a madrugada e às vezes acabava em confusão.

Jeane desde pequena tinha um gosto musical diversificado, apreciava as músicas e amava ver a movimentação da janela branca do seu quarto, que mesclava madeira e vidro. Depois de um tempo os donos do bar se mudaram e a seresta deu lugar a uma casa de artigos religiosos com direito a imagem de Dona Maria Padilha e Seu Tranca Rua na entrada.

As amendoeiras lá permaneciam, conferindo um ar bucólico a Rua Lucas Rodrigues. Pela noite apareciam uns morcegos dando uns rasantes. Ubirajara, um policial militar aposentado com um olho de vidro a bordo do seu fusquinha creme, também aparecia e fazia a segurança do bairro. Quando Jeane estava mais crescida, Ubirajara dava o papo sobre seus passos, namoradinhos, para o avô da menina, eles eram amigos de longa data. Sabe-se lá como iniciou essa amizade. Mas, cuidar das crianças e jovens dos vizinhos, dos amigos, é valor de preto, é valor do suburbano.

Durante o dia as amendoeiras frondosas abrigavam uma sinfonia de pássaros. Eram pardais, rolinhas e outras espécies que se juntavam. E como cantavam. Em uma época que não se tinha celulares ainda, esse coral funcionava como despertador mais eficiente que a rádio relógio. Às cinco da manhã em ponto eles começavam e às cinco da tarde também. A cantoria durava cerca de uma hora. Às vezes antecedendo dias quentes a Dona cigarra também dava suas caras com seu canto estridente.

Na parte onde Jeane morava não enchia em dias de chuva, mas a parte de cima da rua virava um rio, quando os ônibus passavam as ondas se formavam. Dodô e Cabelinho que eram primos e moravam na rua de trás juntamente com outros amigos brincavam e mergulhavam nas águas turvas como se tivessem aproveitando no Rio São Francisco.

Era finalzinho dos anos 80, a tecnologia ainda não dava sinais do tanto que avançaria. As crianças até gostavam de brincar de Atari, geralmente os grupos se reuniam na casa de quem tinha. Jeane ganhou um de sua tia que era funcionária pública. Mas, gostava mesmo de brincar em sua máquina de escrever sonhos e de sentir a liberdade da rua.

Elástico, amarelinha, pique esconde, pique bandeira, queimado... Eram suas preferidas. Se bem que ela era meio desastrada, não tinha a curvinha do pé, volta e meia se estabacava no chão e voltava com os joelhos ralados na época que o merthiolate ardia mais que as labaredas do que dizem por aí ser a morada do tinhoso. Mas ela se jogava assim mesmo enquanto as suas tranças no rabo de cavalo de sempre, balançavam.

– Cabelo de miojo.
– Tonhonhoin.
– Cabelo exótico.
– Puxa estica solta enrola.
– Faz uma chapinha.
– Porque não alisa pra poder usar ele solto?

Era o que Jeane mais escutava.

Jeane gostava de um menino da rua, Valtinho foi o primeiro que a fez sentir os arroubos das paixões ainda infantis. Pele na cor de canela, gordinho, meio tímido e criado pelos avós. Valtinho por sua vez se encantou por Melissa, cabelos na cintura, lisos, filha do dono da relojoaria em frente da casa de Jeane. A família morava no sobrado rosa, em cima da loja. Melissa não gostava de Valtinho dessa forma e também pouco brincava com as outras crianças da rua, em sua maioria pretas.

Jeane era tímida, não se declarava, mas as pessoas percebiam um encanto diferente quando ela estava com Valtinho. Era uma menina bonita, mas não era olhada na escola. Naquele tempo meninas como ela tinham a autoestima minada a todo tempo e ainda eram tratadas como engraçadinhas, exóticas, belezas selvagens.

Numa época em que linha de telefone era tratada como herança, a criançada gritava na janela umas das outras para convocar para as brincadeiras. Às vezes, a mãe de Jeane, uma moleca, participava das brincadeiras ou tomava conta da criançada, sentada na soleira da porta.

A tranquilidade nem sempre era companheira. A região era cercada por facções rivais. Tiros, assassinatos por dividas na boca de fumo, eram uma constante, os anos avançavam, o comércio de drogas avançava e se armava até os dentes e em bem pouco tempo os moradores passaram a ver o céu cruzado por balas traçantes.

– Helena chama seu irmão Marquinho também!
– Bora Shirley!
– Cadê Valtinho hein?
– Chamaram Alexsandra e Naninha?
– Thaisa vem?

Eram por volta de 19 horas e o alvoroço começava. Mesmo com o comércio fechado a criançada na rua fazia o subúrbio pulsar.

– Bora começar com queimado?
– Isso, vamos escolher, logo!

Jeane nunca era a primeira a ser escolhida, nem no queimado na rua e muito menos no vôlei da escola. Mas sempre gostou da rua... Então valia a pena, ainda que tomasse umas boladas.

Cuidado crianças! – Gritou a mãe de Jeane aflita...

Mal deu tempo de correrem ou de perceberem em meio às brincadeiras a perseguição que se iniciava. Quando Jeane e as outras crianças se deram conta Valtinho já tinha sido agarrado pelo pescoço e feito de refém pelo homem que corria descompensado com uma escopeta nas mãos.

Jeane gelou, as crianças ficaram paralisadas, enquanto policiais vinham logo atrás do homem armado. Ninguém sabia como essa história terminaria. O cenário era o pior possível.

O homem sorrateiramente num momento de distração dos policiais largou Valtinho e seguiu na sua correria desenfreada pela liberdade. Ninguém soube o desfecho, quem era mais esse Silva, Santos ou Nascimento.

Jeane quase perdeu seu amor, teve a angústia de vê-lo sob o julgo de uma arma apontada. Na sequência ele e a família voltaram para o Espírito Santo fugindo da violência. E o amor se esvaiu não pela morte física, mas pela distância. Não teve primeiro beijo, uma foto sequer pra guardar de recordação, notícias ou uma carta tampouco.

Violências, alegrias, lutas, diversão e perrengues sempre cruzaram as encruzilhadas da vida dos suburbanos. As amendoeiras seguem por lá e os passarinhos continuam cantando.

Outros amores vieram. Outros amores virão...

DOMINGO DE CARNAVAL

Por Ceci Silva

Era domingo, mas, não um domingo qualquer, era domingo de Carnaval. O sol, meio enciumado com o brilho das alegorias, se fazia notar com toda potência, estava tão quente no Rio de Janeiro, que mal se conseguia respirar. No alto do morro no Centro da cidade, a movimentação era intensa, pessoas passando apressadas com suas fantasias por entre as vielas, as apostas e esperanças por um belo desfile, as bênçãos dos mais velhos, que já não tinham o vigor físico para atravessar a avenida, o cheiro do churrasco dos que iriam assistir a festa de casa, ou melhor das lajes, algumas que davam para ver um pedacinho do show, bem pelo menos as luzes da passarela do samba, o resto era imaginação.

Com essa mistura de sons, cheiros e imagens invadindo a casa, a moça se sentou na beira da cama, e ali permaneceu por algum tempo, num daqueles momentos que não se submetem à ordem cronológica. Quanto tempo ela permanecera ali... não sabia... talvez poucos minutos... talvez horas. Ao se levantar, a mesma sensação de há dias, uma certa tristeza, um cansaço. Esse ano, a moça de olhos amendoados negros como a noite, não iria desfilar. Se alguém lhe perguntasse o motivo, não saberia responder, era um sentimento que não cabia explicação, não alguma que ela conseguisse atinar.

Levantou, lavou o rosto com água gelada, para ver se despertava de vez, e foi comprar pão, no curto caminho até a vendinha mais próxima, pode constatar a frenética agitação que antes mesmo de por os pés na rua já invadira sua pequena casa.

Por todos que encontrava pelo caminho o mesmo questionamento: "Tem certeza que não vai desfilar?". A moça esboçava um meio sorriso. "Não". Ela não tinha certeza de nada, estava apenas dando vazão a um sentimento, ao desejo de ficar em casa, a indisposição para grandes concentrações. O porquê? Ela não sabia, só sabia que era assim.

No caminho de volta para casa, deu um esbarrão no rapaz que morava duas casas a frente da sua, ele mudara há pouco tempo, mais ou menos um mês. Haviam se visto umas duas vezes, os olhares se cruzaram, a moça sentiu o coração ritmar mais rápido, ela achou que era bobagem, devia ser porque estava sempre esbaforida, atrasada.

Dessa vez, não, não havia atraso, compromisso, ou qualquer outra coisa por fazer, só o caminho de volta para casa com o pão quentinho que ela acabara de comprar. Mas, lá estava aquele mesmo ritmo acelerado dos outros encontros, novamente os olhares se cruzaram, de novo o tempo parecia parar. Ela era a moça que com facilidade se perdia no tempo.

Um "Olá, tudo bem?" a trouxe de volta, ela que era sempre tão falante, apenas conseguiu balbuciar um sim. Ele sorriu, era a primeira vez que ela o via sorrir, e que sorriso! Só então a moça reparou que ele estava vestido com metade da sua fantasia, não precisava de muita explicação, ela conhecia aquelas cores, onde quer que estivesse, aqueles tons de verde e rosa eram inconfundíveis!

Na verdade, ela nunca os vira tão bonitos, o verde e rosa mesclados na pele absolutamente retinta do homem a sua frente. Um homem negro portando as vestes de um príncipe africano, para desfilar toda sua majestade na passarela do samba.

De repente, a moça percebeu o porquê do seu incômodo, o motivo que lhe tirara o desejo de desfilar. Ela havia sofrido um episódio de racismo praticado por uma pessoa muito próxima, dessas que juram não serem racistas, pois até têm amigos negros, assim como algum familiar preto. Ao encontrar uma amiga, a quem chamava de irmã para tomar uma cerveja no final de um dia exaustivo de trabalho, ouviu esta comentar com a gerente da loja na qual a mesma trabalhava: 'Minha amiga vai esperar aqui até fecharmos a loja, tudo bem? Ela é negra, mas, é de confiança." Ela que se julgava preparada para essas situações, sequer consegui processar o que acontecera, guardou para si. Mas, como uma ferida aberta, aquele sentimento foi infeccionando, a moça adoeceu ao ponto de perder as forças até desistir de um dos seus maiores prazeres, atravessar a passarela ritmando na marcação do surdo de primeira da sua escola querida.

Aparentemente sem motivo, chorou, o rapaz viu o reflexo da sua fantasia nas lagrimas dela, instintivamente, a abraçou, desta vez foi ele quem se perdeu no tempo, toda a pressa para descer o morro e encontrar os componentes da sua ala desapareceu. Ele só queria confortá-la. Nos braços dele, ela sentiu o coração acalmar, aos poucos as lágrimas foram serenando, e pode de novo a um só tempo olhar para aquele príncipe negro e o seu reino, no alto do morro no Centro do Rio de Janeiro.

A tristeza, havia dado vez a certeza de quem ela era, de onde vira, para onde e como se conduziria, ele sem que dissessem palavra compreendeu o que a moça sentia, aos poucos afrouxou o abraço, agora era a vez dela sorri, e que sorriso!

Ele precisava ir, um príncipe não deixa seu povo esperando. Sem nada dizer, seus corpos se afastaram, mas, não sem antes se prometem com o olhar que aquele era o início de uma bela história que estava só começando, um domingo de carnaval.

A JABUTI
IAIÁ

Por Marcel Felipe Omena

São João de Meriti.

Dia de clássico dos milhões.

Apesar de ter pego um caminho diferente do habitual para chegar em casa a tempo de ver o jogo do meu Vascão, além da chuva que estava prestes a cair... veja como são as coisas, encontrei o amigo Marcelo Luz, grande poeta, na esquina da Maria Augusta, próximo ao Buraco do Rodo, com uma cara de quem tinha acabado de receber uma sentença de morte.

O poeta me explicou que tinha recebido a notícia de que seu livro, inscrito num concurso de literatura muito importante, tinha sido premiado e que precisava ir à cerimônia em Manaus para receber o tal prêmio. Depois de uma pausa, passou a detalhar, afinal, o motivo pelo qual sua expressão não condizia com a de alguém que acabava de encontrar um tesouro.

– Há uns seis meses adotei uma jabuti, você sabe que nunca tive sucesso em adotar gatos e cachorros, todos eram devolvidos. A Bibi foi a última. Com a jabuti é diferente, estou convencido de que o animalzinho será definitivamente meu companheiro para o resto da vida.

Sem saber o que fazer para resolver o problema do amigo, afinal, não tinha nem entendido direito qual era o seu problema, muito menos sem ter noção do que é uma jabuti, pedi pra ele, no dia seguinte, passar na minha casa para um café, que a gente conversava melhor e fui me adiantando para não perder o jogo.

A chuva caiu...

Deu Flamengo, 2 a 1 com um golaço de Arrascaeta no final!

Na manhã seguinte, Marcelo apareceu na minha casa com uma tartaruga pequena na mão, agora sei que jabuti é uma tartaruga, depositou-a cuidadosamente no chão do quintal e foi se sentar comigo. Tomou café sem açúcar, comentando sobre um amigo nosso que está pagando de analista de redes no *LinkedIn*.

Terminado o café, Marcelo voltou ao assunto da jabuti, e fez um apelo para eu cuidar do bichinho enquanto ele estivesse fora. Não tive como dizer não, o poeta se alegrou e me fez recomendações sobre Iaiá. A jabuti chamava-se Iaiá, segundo ele, em homenagem ao Zeca Pagodinho, e cantou um trecho da música: "*Ô Iaiá, minha preta não sabe o que eu sei, o que vi nos lugares onde andei, quando eu contar, Iaiá, você vai se pasmar"* e continuou:

– Existem duas espécies, a minha é jabuti-piranga e se alimenta de folhas, frutas, Iaiá adora mamão, come carne uma vez por semana, ou de quinze em quinze dias. Uma gracinha essa minha jabota, não dá trabalho nenhum, às vezes ela passa dias sumidas dentro de casa.

Enquanto meu amigo falava, percebi que Iaiá tinha sumido no quintal, fui procurar e a achei com o meu filho, que batia com o boneco no casco do bicho.

– Rafael, a tartaruga não é brinquedo não, volta para piscina, cara.

Marcelo deu um pulo da cadeira e foi até Iaiá, pegando-a em seus braços, como se ninasse um bebê, disse algo que não consegui escutar, e me olhou:

– Iaiá não é uma tartaruga, Robson, é uma jabuti.

O amigo poeta colocou Iaiá no chão, e me agradeceu pela ajuda, porém havia mais uma coisa que ele precisava dizer. Confesso que não prestei atenção, apenas consentia com a cabeça como se tivesse entendendo. Acontece que eu estava pensando numa coisa doida que aconteceu comigo na semana passada...

– (...) aquática... Entendeu, Robson?

Voltei ao Marcelo e balancei a cabeça novamente, ele sorriu, abrindo a mochila, retirou o seu livro e me deu. *O Amor Dura uma Noite*. O que tinha ganhado o tal prêmio.

– Presente pra você. Cuida bem dela, tá! Iaiá é tudo o que tenho. Quando eu fiquei sabendo do prêmio fiquei super feliz, mas não iria se fosse pra deixá-la sozinha. Foi muita sorte ter te encontrado ontem. Viajo amanhã, mas em dois ou três dias estou de volta.

Agradeci o livro e disse que cuidaria bem de Iaiá. Marcelo foi embora de coração apertado, percebi os olhos vermelhos dele quando se despediu da jabuti. Foi bonito de ver, parecia um pai se despedindo do filho.

Andando pelo quintal, não vi Iaiá, ainda dei uma procurada rápida, mas não achei. Alguma hora ela aparece. Minha esposa estava na piscina com o Rafa, aproveitei pra dar uma refrescada, esse calor de São João de Meriti está cada vez mais insuportável, abri uma cerveja e fiquei na borda da piscina, ouvindo música. Coloquei *"Quando eu contar"* em homenagem a tartaruga.

– Adoro Zeca Pagodinho!

Olhei para minha esposa:

– Quem não gosta?

Vi um tipo diferente/Assaltando a gente que é trabalhador /Morando num morro muito perigoso/ Um tal de Caveira comanda o vapor/Foi aí que o tal garoto/Coitado do broto, encontrou o Caveira/Tomou-lhe um sacode, caiu na ladeira/ Iaiá, minha preta, morreu de bobeira, ô Iaiá...

– Quando eu contar, Iaiá, você vai se pasmar..., mas vem cá, Robson, quanto tempo a tartaruga vai ficar aqui em casa?

– Iaiá não é uma tartaruga, querida, é uma jabuti. Eu disse imitando o Marcelo. Acabei rindo porque achei o diálogo muito parecido com o de Butch em *Pulp Fiction* – não é uma motocicleta, meu bem, é uma Harley.

Minha esposa fez careta e perguntou a diferença.

A Jabuti Iaiá

— Não sei, Adriana, tô brincando contigo. Marcelo que ficava repetindo que Iaiá não é uma tartaruga. É óbvio que é uma tartaruga, ela deve ficar aqui uns três dias.

— Pai, olha lá! Rafa apontando com o dedo — posso ir lá brincar com ela, pai?

— Pode filho, mas cuidado, tá?

Ele deu um pulo da piscina e foi até Iaiá que reapareceu do além. Do nada, Adriana começou a me masturbar embaixo d'água enquanto conversava com o Rafa:

— Querido, cuidado com a tartaruga...

Gosto quando ela faz isso, finge que não está acontecendo nada, sua expressão não muda e isso deixa a coisa mais excitante, se é que me entende.

— Vamos pro quarto?

— Vai deixar a tartaruga do seu amigo sozinha com o Rafa?

Não pensei duas vezes, tartaruga é bicho resistente, vive cem anos, puxei Adriana para fora da piscina.

— Rafa, a gente já volta, brinca direitinho aí...

No caminho pro quarto, Adriana se livrou do biquíni, e me beijando, tocando, chupando. Entramos no quarto já transando, e não vou entrar em detalhes porque não quero um conto erótico, mas é sempre mágico o sexo com Adriana quando os hormônios estão favoráveis. Calma! Não sou eu quem inventou isso, ela mesma que fala: eu fico mais assim, assado, dependendo dos meus hormônios.

Enquanto ela tomava banho, acendi um cigarro e fumei na janela do quarto, pensando naquela coisa doida que aconteceu comigo na semana passada. Voltava do trabalho quando vi Soraya, no ponto da rua dos bancos... meu

pensamento foi interrompido quando vi o Rafa batendo com a pá de lixo em Iaiá.
– Rafael, para com isso!
Adriana grita do banheiro:
– O que houve?
– Nada...
Corri para o quintal e socorri Iaiá.
– Já não te falei, cara, pra não bater na tartaruga.
– Não, papai, eu queria que ela saísse pra fora.
– Queria nada, vem que eu vou te dar um banho. Daqui a pouco você vai pra escola.

Ele fez cara de emburrado, odeia estudar, mas que criança aos oito anos gosta? Rafa diz que a melhor parte é quando ele chega em casa para ver *Irmão do Jorel*, seu desenho preferido. Na minha época, lembro que na hora da saída, metia o pé voado também a tempo de chegar e assistir a seguinte programação: Simpson, Chapolin e Chaves.

Chegamos no banheiro no momento que Adriana saía.
– Vou tomar banho junto com esse moleque.
– Tá bom, mas não demora que ele vai pra escola.
– Sim, senhora!

Encostei a porta e liguei o chuveiro, Rafa já estava no box me esperando. Lembrei de quando tomava banho com o meu pai, saudade do velho, ele nos deixou tem mais ou menos um ano, e não tem um dia sequer que eu não pense nele.

– Robson, rápido aí que tia Vera vai chegar em vinte minutos, e Rafael ainda tem que almoçar.
– Já terminamos, traz a roupa dele, por favor!
Adriana entrando no banheiro:

A Jabuti Iaiá

– Já tá aqui comigo.

Pontualmente a tia Vera chegou e levou o Rafa pra escola. Adriana e eu ficamos vendo *Breaking Bad* a tarde inteira. Estou gostando tanto dessa série que penso em raspar a cabeça e cozinhar metanfetamina.

Cochilei, acordei já era de noite. Adriana estava fazendo a janta, Rafael na mesa da cozinha, vendo Jorel. Peguei o celular e vi que tinha uma mensagem do amigo Marcelo Luz:

"Robson, boa noite, querido. Só pra te pedir pra não deixar Iaiá dormir lá fora, abraço e obrigado mais uma vez".

Levantei do sofá, espreguiçando...

– Dormiu à beça hein meu filho, me ajuda a colocar a mesa.

– Só um minuto que vou botar Iaiá pra dentro.

– Já tinha até me esquecido da tartaruga.

Chegando no quintal, cadê que eu achava Iaiá? Ela tinha voltado para o além. Olhei por todos os cantos, debaixo da cadeira, da churrasqueira, da caixa d'água, afastei os sacos de terra, os brinquedos do Rafa, as vassouras, os vasos de plantas.

– Robson, vai demorar?

– Não tô achando a tartaruga!

Adriana veio e me ajudou a procurar, fui até o portão, abri, olhei a calçada, será que Iaiá fugiu quando o Rafa chegou da escola? Meu coração começou a doer, o que eu vou falar pro Marcelo?

– Robson, achei!

Corri para os fundos e Adriana estava com o Iaiá no colo.

— Graças a Deus, onde ela estava?
— Atrás da piscina.
— Coloca esse bicho pra dentro e tranca a porta! Pô, pensei que tivesse perdido a tartaruga.

Em seguida mandei mensagem para Marcelo, dizendo que Iaiá estava dentro de casa, e que já tinha colocado no chão um pedaço de mamão para o seu jantar... Pensei em temperar com um pouco de mel, mas é claro que não fiz isso, saí e tranquei a porta da cozinha, deixei a luz acesa.

No dia seguinte, a primeira coisa que fiz quando acordei foi ver a tartaruga. Achei Iaiá debaixo do armário, o mamão estava intacto, peguei a fruta e a tartaruga e as deixei no quintal. Tomei um café rápido e fui me arrumar para o trabalho. Eu sou segurança de uma fábrica de artigos de couro, em Xerém, trabalho de nove da manhã às vinte e uma horas, escala doze por trinta e seis.

Antes de sair dei um beijo na Adriana e no Rafa, que ainda dormiam, engraçado que na mesma posição. Fui na minha rotina de sempre, nada aconteceu de novo, vou pular o dia e vou direto para noite, quando voltando para casa, encontrei novamente Soraya na rua dos bancos. Conversamos rápido sobre a coisa doida que rolou entre a gente. Talvez, numa outra oportunidade eu conte a merda que aconteceu. Cheguei em casa um pouco depois da meia noite, todos estavam dormindo, exceto Iaiá que andava pela cozinha.

Quando eu contar, Iaiá, você vai se pasmar...

Acordei com Adriana ouvindo essa música enquanto preparava o café. Peguei o celular e tinha um áudio do Marcelo:

A Jabuti Iaiá

"Robson, querido, não esqueça de dar água para Iaiá, coloca ela no tanque com uma pocinha d'água, e tem uma coisa engraçada, não sei se é metabólica de todo jabuti, eu sei que ela aproveita e ali já faz xixi e cocô. Bebe a água, faz xixi e cocô, uma gracinha essa menina, toda limpinha. Primeiro ela bebe a água, depois faz xixi e cocô, ela é limpinha."

Ri à beça desse áudio.

– Adriana, você chegou a dar água pra tartaruga ontem?

– Dei não, nem pensei nisso, coloca ela na piscina.

– Não! Vou colocar no tanque, Marcelo disse que sempre que Iaiá bebe água ela mija e caga.

Adriana rindo:

Então é no tanque mesmo, depois não esquece de limpar. O café tá pronto, vou pra piscina com o Rafa.

– Ué, você não vai tomar café?

– Agora não, tá muito quente e não tô me sentindo muito bem do estômago.

Não consigo acordar e não tomar café. Hoje vou de ovo frito, pão e café preto. Coloquei tudo na bandeja e levei para a mesa do quintal, lembrei de Iaiá, já fui enchendo o taque, deixei um pouco mais que uma pocinha, assim ela aproveita para se refrescar, hoje o dia está muito quente.

– Papai, depois deixa eu brincar com a tartaruga?

– Depois, filho, agora ela vai tomar banho.

– Coloca ela aqui na piscina com a gente, pai.

– Na piscina não pode, Rafa!

Deixei Iaiá no tanque e fui tomar meu café, enquanto lia o livro do Marcelo, *O Amor Dura uma Noite, poemas de fazer amor*. Adriana me distraiu quando colocou Raça Negra para tocar, não consigo ler e ouvir música ao mesmo tempo. Ainda mais essa: *olha só você, depois de me perder...* levantei e fui para piscina, e fiquei sentado numa boa ouvindo esse som, nostalgia pura, só faltou a cerveja, mas estava com preguiça de buscar.

Hoje é você que está sofrendo, amor/Hoje sou eu quem não te quer/o meu coração já tem um novo amor/você pode fazer o que quiser...

Essa é clássica, me bateu uma saudade dos anos noventa, das festinhas americanas, menino levava bebida, menina levava comida.

– Adriana, você se lembra das festas americanas?

– Não sou tão velha.

– Ah! Tá bom.

Rafa saiu da piscina e foi brincar de carrinho.

– Quer dar um doisinho e curtir um pagodinho dos anos noventa?

Adriana balançou a cabeça, coloquei a playlist e fui lá preparar o beque na mesa da cozinha. Enrolei meio pastelão mesmo e acendemos, aproveitando que o Rafa ainda estava longe, brincando.

Na areia nosso amor/no rádio o nosso som/tem magia nossa cor/nossa cor marrom...

– Ah, que saudade me bateu. Das festas juninas, lembra que tinha um minhocão na Praça da Matriz? Lembra? Copa do mundo a gente pintava as ruas do Carrapato todo, colocava bandeirinhas. A de noventa e quatro eu ajudei a pintar os muros do morro, que saudade desse tempo...

– Ih Robson, entra nessa onda não. Gosto de conforto, antigamente tudo era mais difícil. Imagina como seria pra

ajudar o Rafa a fazer algum trabalhinho, teria que ir na biblioteca pesquisar...
— Era maneiro, eu fazia os meus na biblioteca do Flusinho. Tinha um cara lá muito cretino, o Plácido, lembra dele? Era um sujeitinho que se achava parecido com o Fábio Júnior, vivia tomando porrada por cantar a mulher dos outros.

Lua vai iluminar os pensamentos dela/fala pra ela que sem ela eu não vivo/viver sem ela é o meu pior castigo...

— Lembro porque ele namorou uma conhecida minha. Não sabia que ele se achava parecido com o Fábio Júnior, só se for depois de falir por pagar tanta pensão.
— Pode crer, lembro dessa menina...
— Papai!
— Oi, Rafa.
— A tartaruga tá dormindo.
— O quê?

Levantei da piscina e fui até o tanque. Minha alma saiu do corpo, comecei a passar mal, as mãos suavam, uma sensação de desmaio, gritei:
— Adriana!

Ela veio correndo, soltou um "merda" quando viu Iaiá morta, boiando na água. O que vou fazer? Tamanho era o meu desespero que comecei a rir descontroladamente, depois fiquei com vontade de chorar, quando me lembrei por alto o que o Marcelo tinha falado. (...) *aquática, não é aquática*... O que eu vou falar para o meu amigo? Por um breve momento pensei em colocar a culpa no Rafa...

Lua vai dizer que a minha paz depende da vontade/ e da bondade vinda dessa moça/ em perdoar meus sentimentos, Lua...

– Desliga essa música, Adriana, por favor!

Desfiz a ideia de acusar o Rafa, afinal, que pai seria eu se fizesse uma merda dessa? Vou ter que falar a verdade, que Iaiá se afogou no tanque por minha culpa. Não consigo nem imaginar a reação de Marcelo, que logo volta de viagem. Não sei se dou a notícia por mensagem ou pessoalmente. Melhor por mensagem – olha, aconteceu uma coisa muito triste com um ente querido seu. Não! Melhor falar pessoalmente – olha, infelizmente aconteceu uma fatalidade com a jabuti... Eu ensaiava o que dizer...

Retirei o corpo de Iaiá do tanque e coloquei num saco plástico com gelo, não sei se Marcelo vai querer enterrar, ou cremar, não sei nem se precisava colocar gelo. Coitada de Iaiá, passei a manhã velando o corpo, acendendo um cigarro atrás do outro, cabisbaixo.

– Robson, sua mãe tá te ligando...

– Traz o celular aqui, por favor!

Adriana trouxe e me deu um beijo na testa. Não quis atender, ameacei a mandar uma mensagem para o meu amigo, mas desisti quando vi que ele estava digitando...

"Robson, tudo bem? Chego amanhã cedo... Viu me status? Tô super feliz..."

Cliquei, a foto era Marcelo no evento literário com a seguinte legenda:

"*Aqui em Manaus, recebendo o prêmio Jabutitinga pelo meu livro O amor Dura uma Noite*".

O próximo status era a foto do troféu, uma tartaruga muito parecida com Iaiá, é sério isso? Tinha a seguinte legenda:

A Jabuti Iaiá

"*O troféu é esse serzinho lindo, um jabuti-tinga, originário da Amazônia, tem esse casco brilhante magnífico, um irmãozinho para Iaiá...*"

Só queria apagar esse dia...

Na manhã seguinte nem fui trabalhar, estava apreensivo, meu nervosismo era tanto que fui ao banheiro umas cinco vezes.

Quase meio-dia, Marcelo chegou todo eufórico, já entrou tirando a tartaruga, ou melhor, o jabuti da caixinha de presente amarela, na tampa as palavras: PRÊMIO JABUTITINGA.

– Vai lá, Zeca, encontrar sua irmãzinha Iaiá.

– Amigo, eu preciso falar com você.

Pelo meu tom ele percebeu que não era notícia boa.

– O que aconteceu, Robson?

Respirei fundo e não lembrei de nada do que tinha ensaiado, falei o que primeiro veio na cabeça:

– O Rafa tava brincando com Iaiá e entrou com ela na piscina... Iaiá, aí a Iaiá, a Iaiá se afogou, lamento muito, meu amigo, nem dormi essa noite...

Fiquei mal por ter falado isso, mas já era tarde.

Rapidamente Marcelo, com os olhos vermelhos, pegou Zeca e o guardou na caixinha amarela.

– Onde está o corpo de Iaiá?

– Vou pegar...

Entreguei o saco, Marcelo chorando:

– Iaiá! Ainda te falei, Robson, que jabuti não é aquático...

– Não sei nem o que dizer, espero que você me perdoe.

Ele deu dois tapinhas no meu ombro e foi embora. Nunca mais falei com o meu amigo poeta, talvez por ele ter visto a mentira em meus olhos. Também não contei a nova versão da história para Adriana, mas por um bom tempo, toda vez que via o meu filho, ou o tanque, me dava uma vontade danada de chorar.

    Ao espírito criador de padrões
    A Jabuti Iaiá

A LÍNGUA DA VIZINHA

Por Fabbi Silva

O ano era 2021. Ano que tudo mudou. Caminhando pela favela do Parque das Missões em Duque de Caxias ouvia o som alto das caixas de som dos bares que disputavam com as caixas de som das igrejas e casas. Nesse momento meu olhar pega de relance duas mulheres na esquina da rua 15. Ai Rua 15. A rua mais movimentada da favela. Quem conhece favela sabe que sempre tem uma rua mais famosa. No Parque era a rua 15. Na Nova Holanda é a Rua Teixeira, em Acari é a rua Piracambu, no Jacarezinho a Travessa Amaro Rangel, Rio das Pedras é a Rua Areal, na Pedreira a rua Monte central e na Mangueira a rua mais quente carregar o nome de Rua do Buraco quente.

As ruas das favelas disputam espaço com: Carro, moto, gente, cachorro, gato, evangélico, candomblecista com galinha e tudo mais que você possa imaginar, andam tudo junto.

As ruas, becos e vielas das favelas contam muitas histórias, mas vamos voltar às duas mulheres conversando na esquina da rua 15.

Aguardando a carroça passar fiquei ali como quem não quer nada ouvindo a conversa das duas moças. Uma falava com a outra que tinha passado o dia indisposta e que estava achando que era Covid-19, pois sentia o peito doer quando respirava mais fundo.

A segunda moça se mostrou preocupada e deu um passo para o lado meio que se afastando da direção dos perdigotos que saia de forma desesperada da boca da amiga.

Nossa, mas você deveria estar descansando e não indo atrás de macho Marcela.

Opa! A conversa começou a ficar interessante para mim, pois sabia que o marido de Marcela tinha um caso com minha vizinha. Logo se rolasse barraco queria estar perto para ver o desenrolar dos fatos.

Entre um olho nos meninos do movimento e na conversa cada vez mais acalorada, seguia ali ao lado como quem não quer nada. Fofoqueira que se preze sabe disfarçar seu interesse nos fatos, pois na hora de transmitir com riquezas de detalhes precisa se atentar no miolo da informação.

Mas voltemos à cena de Marcela e sua amiga.

Marcela olha assustada em volta depois que sua amiga diz que ela está indo atrás de macho, pois o macho em questão era de Marcela, mas ela sabia que além de ser dela era também de Mirtes.

Mirtes era a primeira. A dona da favela. Minha vizinha e Marcela era no linguajar popular a comidinha do momento, mas era nos braços de Mirtes que Jorjão encontrava seu conforto.

Logo era totalmente compreensível o medo de Marcela, pois há pouco menos de duas semanas Mirtes a ameaçou na porta do mercado. Disse que ia atravessar o caminho dela se ela não largasse o seu homem em paz.

E Mirtes não era mulher de muitas palavras.

Muitas na favela já sentiram a ira dessa mulher. Carecas andavam para cima e para baixo limpando a rua como castigo por terem adentrado em campo minado quando o assunto envolvia Jorjão.

Logo o receio de Marcela era legítimo, pois olhando aqueles belos cabelos eu confesso que também teria medo.

Nesse momento de trocas entre as amigas sobre qual dos barracos escondia Jorjão e seu interesse atual, meu olhar se desviou para a esquina do movimento. Vejo Mirtes gesticulando. Não dava para ver o que exatamente ela estava falando, mas parecia que ela estava nervosa com algo. Do nada começou uma movimentação. Cadeiras caindo para trás, radinhos sendo acionados, um corre corre para proteger a mercadoria.

Pensei: fudeu, policial na favela. Acabou que não vou ver o desenrolar dos fatos. Onde estava o Jorjão?

Do nada passa um gritando segura ela, segura ela.

Ela era Mirtes, que corria na frente daquele tanto de homem como um suricate da Savana. Não tinha para ninguém. As pernas curtas de Mirtes pareciam estar sendo movidas pela raiva.

Perdendo o interesse na troca entre Marcela e a amiga minha atenção se voltava 100% para o que estava acontecendo, pois já tinha entendido que não era a polícia na favela. O auto sistema de comunicação que avisava quando a polícia estava no território não tinha sido acionado. Logo a questão ali era outra.

Minha curiosidade tinha sido acionada.

Tentando ser discreta seguia meio quem não quer nada o fluxo de pessoas. Como agente da FBI ia me esgueirando pela parede na tentativa falha de não ser identificada como uma pessoa interessada no desenrolar dos fatos. Falha por saber que uma mulher como eu não passava batida na favela. Ainda mais quando olhava para trás vendo se mais alguém ia na direção do desenrolo que via se desenhando. Não queria dividir a fofoca. Queria ser a única com domínio dos fatos. Assim a narrativa final seria minha.

Fofoca dividida vira bagunça.

Me julguem, mas gostava de ser a detentora de toda informação.

Nessa de olhar para trás vejo que Marcela e amiga faziam o mesmo movimento de seguir disfarçando.

Escuto gritos. Paro atenta tentando identificar de onde vem.

Vendo que a movimentação seguia na direção do barraco da Pantera. Pantera moço de fino trato que de dia era Oswaldo e de noite virava Pantera.

Mirtes gritava desesperadamente a frase: como você pode? como você pode?

Nessa hora estava já em uma posição privilegiada para ver tudo com riquezas de detalhes. Ingênua achava que Jorjão estava fazendo a casa de Pantera de guarida para suas conquistas.

Mas a realidade era que os braços de Pantera eram guarida para Jorjão.

Entre gritos de Mirtes, a surpresa do alto comando da favela e a tentativa desastrosa de Jorjão se justificar ao mesmo tempo que tentava se desvencilhar do corpo suado pós coito interrompida com Pantera, só identificava um choro tipo miado atrás de mim.

O choro era de Marcela chocada com a cena nunca antes imaginada por ela, por Mirtes, pelo alto comando do território e confesso a minha surpresa também.

Ficava ali martelando na minha mente como conseguiria provar os fatos que via ali? Ninguém ia acreditar. Nem eu vendo acreditava.

Jorjão paralisado olhava em volta para ver um caminho de fuga, mas como fugir? Ele não conseguia se mover, pois paralisada Pantera seguia presa igual cachorro no cio. Para desgrudar precisava se acalmar. Como se acalmar quando todos os olhos estavam paralisados na junção de carne exposta pelos dois personagens centrais. Todos com os olhos fincados na cena nunca antes imaginada por nenhum dos personagens na sala.

Esse enredo não estava planejado quando parei na esquina para ouvir a fofoca da Marcela. Essa coitada chorava igual gato no cio.

Mirtes a chefona somente reproduzia a mesma frase de como Jorjão podia ter feito aquilo. Os meninos do movimento passado o choque tentavam não olhar para a cena, mas a curiosidade ganhava frente a tentativa de desvencilhar o olhar da cena em destaque.

Eu seguia ali tentando processar toda cena para criar uma narrativa que minimamente fizesse sentido quando eu fosse transmitir o ocorrido, pois sabia que tal cena era tão surrealista por conta de Jorjão ter a fama de pegador que dificilmente outros que ali não estivesse iriam acreditar sem provas narradas com veracidade. Nesse momento prevendo o futuro eu desejava ter um suporte a mais para subsidiar minha história.

Algo aprendi dessa história toda: Pantera merecia um prêmio, pois desbancou toda a favela e manteve sigilo dos fatos. Pena que a vizinha dela não.

A VOLTA DO PROMETIDO

Por Flávio Braga

Há quem tenha esperado esse dia por muito tempo. Esses, ainda mais durante a pandemia, olhavam para o céu todo santo dia, querendo uma chuva de misericórdia num mundo que parecia ter sido esquecido por Deus. Faltava tanta coisa que faltar também o que movia essa gente era meio que uma bala de prata no peito delas. Mas, apesar de momentos de desesperança, de ser preciso dar uma embrutecida no coração para sobreviver a dias tão difíceis, os fiéis seguiram com sua fé inabalável. Até porque, como diz aquela máxima que parece tirada de um adesivo do *Smilinguido*, os humilhados, enfim, seriam exaltados.

E seria com a volta Dele. Numa terça, perto das 8 da manhã.

Sim, Dele mesmo.

Imaginava-se uma volta em grande estilo. Passando por lugares mais badalados, em horário nobre, com entrada ao vivo na TV, com direito a transmissão pelo helicóptero do Genilson Araújo e tudo. Mas quem O conhece sabe que isso não combina com seu estilo. Sua volta foi discreta, começando aos pés do complexo do Alemão. Passou por lugares como o cemitério de Inhaúma, a Fábrica da Piraquê, as ruas com nome de pedras preciosas em Rocha Miranda. Margeou o metrô de Colégio até Pavuna. Passou em frente ao 41 sem temer pela sua vida – afinal, tinha acabado de ressuscitar, que ideia. Desfilou como um local, talvez com a intenção de passar e passear por aí discretamente. Como um mero pavunense, sei lá.

Não conseguiu.

Os olhares eram incrédulos. Os que não acreditavam em sua volta, ao vê-lo, pareciam arrependidos e imediatamente buscavam perdão. Outros perguntavam a si mesmos e a quem estivesse do lado se não estavam vendo coisas. Mas na boca de todos as palavras proferidas eram as mesmas: "Ele voltou!"

Mas será que era pra valer ou só uma exibição, para mostrar que ele se fazia presente? Alguns diziam que era cedo para cravar sua volta definitiva; outros diziam com todo fervor que ele sempre esteve no meio de nós - esses inclusive eram vistos como malucos, pois juravam vê-lo por aí, nas situações e lugares mais aleatórios. Estariam vendo coisas? Estariam tão cegos na sua fé a ponto de vê-lo em tudo? Sei lá. Mas, nesse dia de revelação, quem eram os malucos, afinal? Enfim, agora pouco importava, visto que ele estava ali, materializado diante dos olhos de tantas pessoas. Contudo, apesar de todo frisson causado, ele escolheu poucos para acompanhá-lo. Talvez até menos pessoas que da última passagem.

Eu fui um deles.

Mas só fui porque era caminho pro meu trabalho. Falei que o acompanharia só até a estação de Acari. Ele não viu problema nisso. Éramos eu, uma moça com cabelo de mecha loiras e um irmão de meia-idade e barriga saliente. Uma coroa desistiu justamente quando me engajei na aventura. Quando soube que o itinerário Dele não contemplaria o Hospital da Piedade ou algum lugar próximo, deu uma de Iscariotes e desertou. Ah, claro, havia também o rapaz que o conduziu pela sua peregrinação por meia zona norte carioca.

O mundo não melhorou imediatamente com sua volta, como deu pra perceber. Mas ajudou a melhorar um pouco a vida de algumas almas atormentadas como a minha.

Pode parecer que estou falando de Jesus.

Bem, é quase.

Falo, na verdade, do que provavelmente o conduziria em dias tão caóticos e sem fé nessa cidade. Uma das linhas de ônibus que sumiram nos últimos anos. Daquelas que dá voltas ao mundo para fazer um itinerário que se feito pegando uma avenida das grandes, como a Martin Luther King, a viagem dura nem meia hora direito.

Se o Nazareno voltasse a bordo de um 946, o mundo teria ainda mais um bom motivo para acreditar nele. Fazer esse ônibus aparecer diante do caos crônico do transporte público é um milagre!

ANO NOVO, VIDA NOVA

por Tamiris Coelho

Todo bairro suburbano que se preze não possui moradores, possui entidades. São como arquétipos que se repetem em qualquer subúrbio e que só mudam de nome (quando mudam), mas as características são as mesmas. Se você é suburbano, provavelmente já se deparou com pelo menos um desses tipos de vizinhos que encontrará descrito nessa história (ou, se der sorte como eu, encontrará todos. Ou ainda, pode se identificar logo como uma delas). Acredite: não há a menor possibilidade de você passar ileso a uma comunidade suburbana, em algum momento da vida você é vítima de uma história junto dessas entidades ou vira uma delas com o passar do tempo. Está nos ares do subúrbio carioca, pega que nem gripe, não tem jeito. Assim aconteceu com o casal Hugo e Queila.

Hugo e Queila já tinham uma filhinha pequena, Eva, e estavam grávidos de mais um. O jovem casal finalmente conseguiu sair do aluguel na Tijuca para morar em uma casa comprada em Cascadura. Levaria mais uns dois anos para as obras do terreno comprado definitivamente acabarem, mas Queila não aguentava mais morar com a sogra (Dona Dulce – a típica sogra pentelha – se metia em absolutamente tudo e achava um absurdo que "Huguinho" se mudasse da Tijuca para o subúrbio. Dona Dulce é a típica tijucana que acha que mora na zona sul, é do tipo de pessoa que abre o potinho de iogurte e não lambe a tampa). Queila havia dado um ultimato em Hugo: "Nos mudamos assim mesmo, faltando terminar o banheiro ou não nos mudamos mais!". Os novos moradores chegaram numa manhã de domingo. Foram recebidos por Dona Neide, a vizinha de frente – azar, Dona Neide era a vizinha fofoqueira da rua, passava mais tempo no portão de casa do que dentro dela. A calçada de Neide era a mais limpa de todas – ela varria de 2 a 3x por dia, dependendo da quantidade de informações e conversas que estaria disposta a coletar da vizinhança. Não daria 2 horas e toda a rua já saberia que a casa "de fronte" tinha sido ocupada. Neide tratou logo de ambientar a cena para os novos vizinhos:

– Aqui é um bairro muito tranquilo, só esse vizinho aqui do meu lado que é um pouco sem noção, vive na rua o dia inteiro, trabalhando fora e deixa o cachorro preso no quintal, o pobre do animal late o tempo todo! O pior é que logo ali a direita mora a Dona Judite, ela tem uns galos em casa que cantam sem hora para parar, quando eles ficam cantando em resposta ao cachorro então... é um

Ano Novo, Vida Nova

Deus nos acuda! Você que tem criança, já avisa para não brincar de bola na frente da casa de Dona Judite, a bola bate nesse portão de ferro, faz aquele estrondo, é uma gritaria só. Se a bola cair no quintal da Dona Judite esquece. Diz ela que os galos furam as bolas. O maior prazer das crianças aqui é jogar bola na frente do portão da Judite... Sabe como é criança né... é só a gente falar que não pode que ela vai lá e faz. A paz só reina entre as crianças e Judite quando é dia de Cosme e Damião: Dona Judite estende uma mesa enorme no portão da garagem e distribui um monte de delícias. É que ela é mãe de santo, toda segunda feira tem gira aqui na casa dela. O que é ótimo, porque os evangélicos ali da frente ficam pianinhos... É um dia de paz que a gente tem sem esses louvores nas alturas. Parece que Deus é surdo! Falando em surdo, aqui ao lado de onde vocês moram tem a Dona Mirtes. Essa é um amor, um docinho! Só não é um amor pro marido dela: Seu Ernesto. Vira e mexe você vai escutar Dona Mirtes aos berros porque seu Ernesto fez alguma coisa errada. A última foi que seu Ernesto esqueceu de pagar a conta de luz e teve a energia cortada bem na hora da novela. E pior: num calor de 40 graus! Foi uma gritaria que vocês não imaginam. Seu Ernesto saiu de casa para pagar a conta atrasada e só voltou de noite, disse ele que entrou na igreja pra rezar, mas na verdade Seu Ernesto foi na igreja evangélica ali da rua de baixo, porque é o melhor ar-condicionado da região. E aqui do outro lado de vocês mora a família Buscapé: a gente nunca sabe quantas pessoas moram aí, tão toda hora fazendo um puxadinho. Eu mesma só conheço de fato a Dona Chica e o Seu José, que são os avós da cabeçada que mora aí. A quantidade de crianças que moram nessa casa já é o suficiente para o futebol aqui da rua. Vocês vão se dar muito bem aqui. Precisando de alguma coisa, podem me chamar. (Mesmo não precisando, Dona Neide apareceria, essa era do tipo herpes: toda hora volta, principalmente em momentos de estresse).

Quase duas horas depois do monólogo de Dona Neide em frente a porta, a família finalmente estava em sua nova casa. Eva saiu correndo pelo espaço procurando o seu tão sonhado aquário, que os pais prometeram de presente assim que fizessem a mudança. E lá estava ele: Bartolomeu – o peixe – desfilando exuberante pelo límpido cubo de vidro. Essa paixão de Eva por aquário veio do pai. Hugo adorava, sabia tudo sobre como manter um ambiente saudável para os peixes: tinha remédios para manter o ph da água, filtros para purificar a água, controle de temperatura. Eva passava os dias admirando e acompanhando todo o processo. Já Queila nem chegava perto, principalmente quando Hugo precisava limpar o aquário (justamente porque para isso era necessário tirar os peixes com uma redinha e colocá-los numa sacola plástica com água, fazer um nó e deixar o peixe "ensacado" até que a limpeza do aquário estivesse finalizada). Queila tinha pavor de ver os peixinhos se debatendo no caminho do aquário para a sacola.

Com o tempo, a família foi se ambientando à vizinhança: Eva já estava jogando bola no portão de Dona Judite com os amiguinhos (todos netos da Dona Chica), Hugo jogava ossos pro cachorro do vizinho sem nome (o que fez ele parar de latir um pouco e ainda de brinde acalmou os galos), Queila já estava frequentando as giras de

Ano Novo, Vida Nova

Dona Judite e fechando as cortinas da sala pra que Dona Neide não fofocasse para dentro da sala, Bartolomeu não era mais um peixe solitário, já tinha a companhia de uma variedade de outros peixinhos.

Tudo ia muito bem, até que Hugo precisou fazer uma viagem a trabalho. Queila já estava com 8 meses de gestação, mas isso nem a preocupava, o que estava tirando o sono dela era ter que cuidar do aquário. Mentalizou todas as dicas que Hugo havia passado: testar o ph da água, pingar 3 gotas do remédio caso o ph estivesse ruim, verificar se o filtro estava ligado, alimentar os peixes, e o mais importante: tampar o aquário após jogar a ração. É que Bartolomeu havia desenvolvido um jeito bem especial e acrobático de se alimentar: ele saltava do aquário para comer a ração, então o esquema era abrir a tampa, jogar a ração e tampar. Se não, Bartolomeu corria sérios riscos de ir ao chão.

O dia de alimentar o peixe chegou. Queila estava se saindo muito bem, deixou Eva jantando enquanto fazia os procedimentos. Mas bem na hora em que destampou o aquário para jogar a ração, Dona Mirtes, a vizinha do lado, começou a gritar: "Eu não aguento mais! Socorro!" Queila se distraiu com os gritos, foi até a janela e entendeu que era mais um ataque de Dona Mirtes com Seu Ernesto – novamente ele havia esquecido de pagar a luz. Quando Queila voltou para o que estava fazendo, aconteceu o que temia. Bartolomeu, num salto escalafobético para se alimentar, acabou caindo no chão da sala. Aquilo foi o próprio pesadelo de Queila, que começou a gritar de modo que calou Dona Mirtes em segundos:

— Socorro! Socorro! Eva, pega um pano! O peixinho vai morrer!

Nesse momento, Dona Neide, que já estava de antenas ligadas para os gritos de Dona Mirtes, agora tinha uma pauta boa para investigar. O galo calou, o cachorro calou, as crianças pararam de jogar, Judite parou a gira, todos que estavam em casa se apresentaram em suas portas para ouvir o que acontecia. Queila repetia o mesmo texto. Eva ria da mãe com o pano na mão. Bartolomeu agonizava. Queila gritava:

— Socorro! Socorro! Eva, pega um pano! O peixinho vai morrer!

Dona Mirtes ouvia:

— Socorro! Socorro! Eva, pega um pano! Meu filhinho vai morrer!

Judite lembra da gravidez de Queila.

Seu Ernesto vai pra igreja.

As crianças dizem que Eva está chorando.

Os galos voltam a cantar.

O cachorro em resposta late.

E Dona Neide juntou tudo e, como uma repórter de jornal sensacionalista, criou o seu próprio furo:

— Já sei! O Hugo saiu de casa, abandonou a mulher grávida com uma filha maior, isso fez com que a Queila ficasse nervosa, agora ela está passando mal e com medo do filho morrer, quer um pano para limpar o chão porque deve ter sangue, a menina está chorando de desespero e nós temos que arrombar a porta para ajudá-la!

Enquanto isso, Bartolomeu resistia bravamente.

Queila não parava de gritar.

Eva de rir.

Ano Novo, Vida Nova

Dona Neide pegou tesoura, panos, álcool 70, luvas, máscara e já estava mudando seu perfil de jornalista para médica.

Os evangélicos oravam.

Dona Mirtes chamou Judite para reforçar as rezas com outra crença.

Seu Ernesto voltou da igreja, que já estava fechada.

As crianças da rua estavam animadas pela nova brincadeira e arrombaram a porta rapidamente.

Toda a vizinhança entra na casa. Ninguém ouve ninguém. O peixe se debate. Eva tampa os ouvidos. Neide joga álcool nas mãos, calça as luvas, veste a máscara. O peixe se debate. As crianças comemoram. Histeria suburbana completa. Dona Mirtes, a surda, que não entendia quase nada do que estava sendo dito deu um grito numa escala maior do que os gritos com Ernesto e faz todos se calarem. Queila apavorada com a versão criada pelo telefone sem fio, explica o ocorrido. Neide revoltada com a história real tão sem graça, pergunta sobre o peixe, que sumiu do chão. Todos procuram o peixe:

– Cadê o peixe?
– Será que ele foi pulando para debaixo do sofá?
– Alguma criança botou no bolso?
– Alguém comeu o peixe?
– Pega a vassoura!

Durante a procura, Eva aponta o dedo para o aquário. Lá estava Bartolomeu, rodopiando na água. Acontece que durante a confusão, Seu Ernesto pegou o pano da mão de Eva, catou o peixe, jogou na água e foi embora sem ninguém nem perceber que ele havia entrado.

Dona Judite, muito amiga de Queila diz:

— Ninguém sai daqui sem arrumar a casa, limpem toda essa aguaceira no chão.

Queila acha estranho o chão estar tão molhado (como pode um peixinho fazer tanto estrago?). Foi quando ela percebeu que sua bolsa havia estourado.

— Chama o SAMU!

Dona Neide volta a calçar as luvas. Queila volta a gritar. As crianças comemoram. O peixe rodopia. Dona Mirtes varre. Hugo chega em casa e nem tem tempo de perguntar o que aconteceu.

— Chama o SAMU!

E foi a partir deste dia que Dona Neide ficou conhecida em Cascadura e adjacências por Dona Neide Parteira.

CUTIA NÃO

por André Costa Pereira

Me divirto muito com pessoas alcoolizadas. Muito. É obvio que existem os chatos, os dramáticos e os sem noção. Esses, graças a Deus, pego pouco. Geralmente, em meu caminho estão os divertidos. Adoro a maneira alegre de falarem e não conseguirem terminar a frase. Choro de rir quando vejo que perdem até o ar numa gargalhada. E o melhor de tudo é que geralmente não existe nenhum motivo aparente para tamanha felicidade. É só a ação da alegria líquida.

Neste final de semana, peguei uma dupla nesse estado e nível de divertimento. Não falei um "a", mas gargalhei da Tijuca até Copacabana! A corrida começou na Barão de Mesquita. Já era madrugada. Parei em frente a um prédio onde já se encontravam algumas pessoas aglomeradas. Dois rapazes se aproximaram e perguntaram o nome do meu cliente.

— Mauro! — Respondi.

Eles acenaram para a portaria que se abriu com certa dificuldade. Saíram um homem e uma mulher gargalhando muito. Disseram algo para seus amigos, todos gargalharam também. Não consegui ouvir o que era. Mas já fiquei bem atento. Pelo tom da gargalhada, sabia que teria alguma estória. Não imaginava que seria uma tão sem pé nem cabeça.

— Oi, moço. — Falou a mulher ao entrar no carro.

— Tudo bem, UMotorista? — Perguntou o homem. Normalmente o fazem para confirmar meu nome. Eu de imediato respondo também chamando pelo nome. Dessa maneira, tranquilizo o passageiro.

— Tudo ótimo, Mauro. — Respondi para, na sequência, confirmar o endereço de destino.

Pronto. Eles seguiram em uma insólita conversa.

— Nossa, eles te adoraram! — Falou Mauro para sua amiga.

— Jura?!

— Sim, muito. Quando você foi ao banheiro só falavam o quanto você é legal.

— Fiquei um tempão lá, né! É que não parava de sair! — Falou bem enrolado a mulher, acho que ela não queria que o Mauro realmente ouvisse.

— Oi?! — Perguntou Mauro.

— Nada. Também gostei deles. Menos daquele baixinho que parecia um gnomo. — A mulher tentando mudar o assunto.

— Ah é ... — Concordou Mauro.

— Cutia não.

– Que ... hahahahaha?

– Aquele ditado ... hahahaha. – Tentou se explicar a mulher entre gargalhadas.

– Qual?

– Sei lá ... Cutia não... hahahahah ... – Rindo de se acabar.

– ahahahahahah ... Que ditado é esse? – Mauro já estava falando fininho.

– Aí ... não sei ... só sei que é Cutia não.

– Cachorro de paca pega Cutia. É esse?

– Não ... hahahah ... tem paca também, mas é cutia não. – Respondeu a mulher.

– Em terra de Paca. Cutia é Rei! HUAHUHAUAHUHahauhaUh – Mauro me fez gargalhar muito. Mais pela reação deles aquela bobeira do que pela piada em si. Ajustei o retrovisor e vi a passageira amiga de Mauro recuperando o ar e limpando as lágrimas de tanto que ria.

– Moço, por favor. Como é aquele ditado da Cutia? – Perguntou a mulher para mim. Obvio que eu sabia. Mas preferi colocar lenha na fogueira.

— Macaco não enxerga seu rabo, mas vê o da Cutia. – Respondi para gargalhada geral no carro.

– Você ficou olhando o rabo do gnomo! AHUAHuAHuAhua – Falou Mauro com sua voz bem fina e fraca. Em meio a gemidas.

– AuhauhauahuH – Respondeu a mulher.

– Aí, tô sem ar. – Mauro.

– Babei. — A mulher.

— AUHAUAHUAHuhuahuhaUHUHAUhAUhauh auh — Todos nós.
— Já sei! Capivara, paca, cutia não. — A mulher com o dedo em riste.
— Não é isso não. — Mauro rindo.
— É sim! Olha, chegamos. Moço, cinco estrelas pra você por nos aturar.

TENDINHA

Por Philippe Valentim

Algumas pessoas na morte dos seus, entre lembranças e saudades, ganham ou recebem bens. A tal da herança, não raramente gera quiproquós e até vias de fato em famílias antes harmônicas.

Tem gente que fica rico. Tem gente que acha que vai ficar rico.

Nas bandas suburbanas da cidade caos, ali depois do túnel onde o trem corre feito serpente faminta, herança é uma palavra polissemica e nau de sonhos e, também, de problemas.

A certa morte, onde morava vovó, um sujeito herdou um sabiá laranjeira, daqueles que cantam forte. Gerou ciúmes, mas foi incontestada. Um amigo de infância levou uma camisa do Madureira de um tio. Já vi cavaco, profissão, apelido e até entidade servir de herança.

No canto da cidade, herança é tudo. Ou nada.

Na décima sexta estação, já vi samba atravessar entre irmãos por causa de terreno na Baixada Fluminense, que acabou ficando em poder da firma local. Foi soco, voadora, palavrão; e a mulher do chefe, com unhas de tigresa, quem ficou com o motivo da querela.

Aqui em casa, o velho se antecipou dividiu tudo por três: Dorinha, a mais nova ficou com uma casa e o carro. Arthur levou um terreno, que não é na Baixada, e uma quantia de dinheiro. Eu, Carlinhos, filho do Carlão da Tendinha, fiquei com outra casinha e com a tal da Tendinha.

Meu legado foi triplo: comércio, profissão e apelido.

O último nunca emplacou, mas os dois primeiros sim.

A velha tendinha amarela, era uma espécie de parente material da família, foi ganha pão do vovô, do pai e agora o meu. Falando em familiar, a tendinha é um primo pobre do bar, do mercado e até do sacolão. Meu pai dizia que a tendinha é a última esperança do pai com a criança chorando sem chupeta, da mulher fazendo bolo quando o ovo acaba.

É a UPA das necessidades não médicas.

Como bom herdeiro, fiz as minhas mudanças. A principal delas o horário. O fundador do nosso comércio, vovô, abria as cinco da matina. Segundo ele passarinho que acorda cedo come fruta fresca.

Não ligo tanto para fruta fresca, mas gosto bastante da soneca matinal.

O Amarelo chamativo permaneceu. As prateleiras sortidas de itens de urgências cotidianas. Ovo, chupeta, macarrão instantâneo, farinha de trigo, super bonde, pó de café, funil, entre outras coisas que disputavam atenção e importância entre garrafas de cachaça e bebidas que servem para aliviar a alma do implacável dia a dia.

Carlão da Tendinha, meu pai gostava do papo matinal com vizinhos indo pro trabalho que o escolhiam a birosca amarela para seu desejum. Mesmo com padarias bonitas o café era um item imbatível. O segredo? A velha máquina de origem alemã arrematada por um velho amigo da família.

Mudar o horário de abertura, não significava mudar tudo, portanto o café, famoso na região permaneceu! Os seres da tarde/noite são diferentes.

Muito diferentes!

Rostos cansados, expressões de desgastes de um dia de labuta. O café, antigo chamariz, seguia perdendo adeptos. A cerveja gelada e os copos de traçado se tornavam novos reis de venda. O cigarro a varejo seguia com sua majestade também.

O rojão é sinistro e quase sempre impõe fugas de sobrevivência, divaguei certo dia.

Nesse mesmo dia, lá pelas tantas da noite, surgiu um novo cliente. Não era do bairro. Com certeza não era. Nunca o vi por lá.

Bastante educado e igualmente cansado pediu dois varejos e um café. Estranhei o pedido, afinal à noite, quase virando madrugada, não era comum se tomar um pretinho.

Segundo, Paulo, esse era seu nome, atualmente não era mais estradeiro, mas o hábito do café a qualquer horário permaneceu.

O inusitado me levou a compartilhar da bebida. Álcool só após o expediente e com as portas arriadas. Um ensinamento que vinha do fundador da Tendinha.

Paulo, trabalhava numa linha de ônibus com ponto final perto. Aos poucos tornou-se cliente habitual. Praticamente um amigo. Entre cafés, varejos, porções de alguma coisa e até uma cervejinha o tempo passava.

Depois de tanto tempo, separação e poucos amigos no bairro, era bom ter alguém. Muito bom pensava.

Aos domingos quando era folga do novo amigo, sentia um certo vazio. Uma saudade do papo de gargalhada.

Certo dia, infelizmente, a cidade correria mostrou suas garras.

Dois homens, uma moto, pistola e o grito: "Perdeu"!

Levaram parte da féria, uns trocados dos clientes e os celulares. Nós que nunca desatam nessa cidade forjada na violência.

Paulo, coitado, estava lá e havia comprado o telefone naquela semana. Estava feliz, pois poderia ver uns filmes, séries e até fotos de família. Agora? Teria que pagar algo sem usar.

Me lembrei do dinheiro que sempre deixo guardado para uma emergência ou outra. E essa era sim uma emergência! Resolvi fazer uma surpresa, até para não soar arrogante.

Decidi entregar na quarta da semana seguinte. Era dia de futebol na tv e como não dispunha desse aparato, perdia a freguesia para outros lugares. Assim aproveitava para fechar um cadinho mais cedo. Paulo quase infalível, dobrou a esquina no horário de sempre.

Pediu seu café de lei e os dois varejos. A pouca clientela já fazia seus acertos. Ficamos só nós dois. Era nítida a chateação pela perda do bem. A vontade era entregar logo, porém um presente merecia até um brinde com cerveja.

Pedi para ele entrar para o lado de dentro do balcão, o pouco espaço e as arrumações de final de expediente levava esbarrões constantes. Sempre acompanhado de risadas mútuas. Ajustes feitos entreguei o presente.

De tão feliz, ganhei um abraço. Daqueles que sufocam de tão apertado. Rimos de novo.

Era hora de fechar a velha janela de aço, que corroída pelo tempo se tornava um calvário seu manuseio.

Mesmo com ajuda era ruim. Janela abaixada. Ou melhor quase, faltava a bendita trava no alto. Paulo se oferece, inclusive citando sua estatura. Sobe na pequena banqueta e faz o serviço. Perde o equilíbrio, mas de tão apertado o espaço não cai no chão. Nos esbarramos de novo. Dessa vez um pouco mais forte.

No solavanco bati com a testa numa prateleira. Levo a mão a cabeça. Paulo vem em meu auxílio, leva a mão à minha cabeça. Solta um "tadinho". Sinto algo estranho.

Coração acelera, boca fica seca. Olho para ele. Nos beijamos.

SEGUNDO CAMINHO

DOS DESGOSTOS E TENSÕES

"... o mundo é um moinho
Vai triturar teus sonhos, tão mesquinho
Vai reduzir as ilusões a pó."

(Cartola – O mundo é um moinho)

O respeito e o amor que tinham um pelo outro parecia o sol que trazia frescor e iluminava a comunidade ao alvorecer.

R7 era réu primário, não era explanado, bandido raro. E foi, por isso mesmo que, depois de conhecer Rachelly, juntava uma merreca por mês para partirem rumo a outro estado e viver de amor pelo restante da vida. Virava e mexia davam um rolé para curtir e relaxar as mentes conturbadas pelos batentes pesados.

Cruz era o policial que tinha assassinado Madrugada e foi atingido de raspão, no rosto, pelo R7. Um conhecia o outro. R7 prometeu, para si, vingar a morte do irmão. Rachelly o fez esquecer isso e sonhar com outras possibilidades de vida.

Era sábado à noite. A preta chegou do Hospital e convenceu R7 de ir ao Jacarezinho visitar sua tia e curtir um show que teria dos Racionais MC's. R7 evitava sair do morro, mas não tinha nada que Rachelly pedisse que ele não desse um jeito de fazer.

Arrumaram-se, montaram na moto e aceleraram rumo à Concórdia, Jacaré. Passaram na casa de Dona Lindava, tia de Rachelly e, logo depois, foram ao baile. Curtiram o melhor show de suas vidas e antes do dia amanhecer pegaram o caminho de volta.

Numa das ruas de acesso da comunidade, próxima ao Morro do Amor, havia uma blitz. O local estava deserto e escuro. Logo que ele virou na encruzilhada deu de frente com um fuzil apontado para sua cara.

– Para a moto e levanta e camisa! Bora!
– Calma chefe! Tá tudo tranquilo.

— Tudo tranquilo é o caralho! Bora! Desce da moto! Tem flagrante aí?! Se tiver, dá logo o papo.

— Tem nada não. Não uso drogas não, meu senhor.

Enquanto o cabo Soares fazia a revista em R7, o outro policial liberou uma moto que havia sido parada anteriormente e se aproximou perguntando a Rachelly:

— Você faz o quê?

— Profissionalmente eu sou enfermeira do Hospital Souza Aguiar.

— E o que tu tá fazendo na rua a essa hora?

— Exercendo meu direito de ir e vir.

— E tu tá vindo da onde e indo pra onde?

— Eu sou obrigada a lhe responder isso?

— Só pra facilitar.

— Eu tô vindo do Jacaré e indo pra minha casa que é aqui na Árvore Seca, se os senhores nos permitirem.

A revista tinha terminado. Documento e Habilitação, ok. Nenhuma passagem, ok. Sem drogas ou qualquer tipo de flagrante, ok.

— Vai lá malandrão!

Disse Soares para R7 que virou e deparou-se com o Sargento Cruz. No mesmo momento, R7 olhou pra baixo enquanto andava em direção à moto.

— Calmaê!

Disse Cruz pegando R7 pelo pouco cabelo que tinha e levantando seu rosto para conferir.

— Quê isso, meu chefe?!

— Meu chefe é a puta que te pariu! Tu acha que eu não sei quem você é?!

— Quê isso?! Não sou ninguém não! O senhor tá me confundindo.

— Te confundindo?! Olha pra minha cara seu filho da puta! Tá vendo essa cicatriz aqui?! Tu acha que eu vou confundir quem disparou um tiro na minha direção?

— Você tá confundindo senhor! Eu sou trabalhador.

O clima pesou. Rachelly tentava interferir pedindo que os levassem pra delegacia. De nada adiantou. Cruz o chutava, deferia coronhadas em seu rosto e estava disposto a matá-lo.

— Para, pelo amor de Deus! Ele é trabalhador! Leva ele pra delegacia ou libera a gente, por favor.

Como resposta, Rachelly tomou um tapão na cara. R7 se debatia. Cruz, para contê-lo, o algemou à uma barra de ferro paralela e foi novamente na direção de Rachelly.

— O que você está disposta a fazer pra eu não matar ele?

— Tira a mão de mim!

— Beleza.

Cruz apontou e destravou a arma na direção da cabeça de R7.

— Por favor, me mata chefe! Só não encosta nela!

Rachelly gritou:

— Não!

Soares olhava tudo que acontecia surpreso.

Cruz voltou à Rachelly e roçou o cano da pistola em suas partes íntimas. Foi a vez de R7 gritar.

— Cala a boca senão eu mato ela!

Disse Cruz engatilhando a pistola na cabeça da mesma. R7 calou. Soares interveio:

— O que é isso Sargento?!

— Cala a boca você também! Melhor, vem aqui! Bota o pau pra fora pra essa piranha mamar!

— Que isso, Sargento?! Não quero participar disso não!

Cruz apontou a pistola pra cabeça de Soares:

— Bota o pau pra fora!

— O senhor vai me matar, Sargento?!

— Bota o pau pra fora!

Soares sentiu medo. Rachelly chorava enquanto sentia o dedo do Cruz lhe penetrando e chupava Soares que nem rígido ficou. Cruz puxou a calcinha dela para o lado, agachou e a chupou antes de afastar Soares com o ombro e colocar seu membro na boca da mesma. Gozou.

— Solta ele Soares!

Soares abriu as algemas, mas R7 permaneceu algemado ao solo. Rachelly correu para lhe abraçar.

— Desculpa amor! Me perdoe!

A viatura foi embora. R7 não conseguia levantar, nem olhar para o rosto de sua esposa.

— Ronaldo, fala comigo! Pelo amor de Deus! Me perdoa amor!

R7 levantou o rosto.

— Por favor preta, vai embora! Eu nunca vou me perdoar pelo que aconteceu.

— Eu não vou lugar nenhum! Vamos pra casa. A gente vai superar isso.

— Eu morri Rachelly! Eu estou morto! Morto! Vai embora, por favor.

— Eu não vou a lugar nenhum sem você! Olha pra mim.

— Me desculpa. Eu não consigo.

R7 levantou, subiu na moto e arrancou deixando sua esposa ali, chorando em posição fetal. Passou na boca de fumo, pegou sua pistola e – antes que Rachelly subisse o Morro – sumiu.

LIBERTAÇÃO

Por Rosana Rodriguez

Ana casou-se, ainda jovenzinha, com Januário. Viveram a vida toda em Duque de Caxias, na Baixada Fluminense. Ele era um partido promissor: tinha bom emprego e aparentava ser um bom homem para ser pai e provedor da família. Eles tinham uma casa enorme, boa e confortável para época em que constituíram família. Os dois pareciam se amar muito, mas o amor não se demora onde uma única andorinha faz verão.

Ao longo dos anos, Januário foi se transformando em um desconhecido. Tornou-se violento e ditador. O lar era tão misterioso, que ninguém sabia, sequer desconfiava, que aquela mulher era mais uma na silenciosa estatística de violência doméstica.

O casal deu à luz o fruto daquele sentimento que um dia foi chamado de amor. A mãe e o pequeno Gustavo viviam sob o jugo de Januário, que se transformara em um homem avarento e rude:

– Não quero você amamentando no quintal! Entra agora! – dizia Januário quando via a mãe e o filho sob o sol da manhã.

Aos poucos, aquela família foi perdendo o brilho e a alegria que surgiram quando Gustavo nasceu. Durante anos, por conta do autoritarismo de Januário, seu filho mal podia brincar ou se relacionar com outras pessoas. A vida era assistida pela janelinha da porta da entrada da sala.

– Casamento é para sempre! – dizia Ana, apesar de toda truculência do marido. Ela, muito católica desde a infância, sempre acreditou que a esposa deveria obedecer a seu marido e que nada deve destruir os laços matrimoniais.

*

Duas décadas e meia se passaram nesse tormento, e a vida ficava cada vez pior para a mãe e para seu filho. Porém toda aquela infelicidade fez com que aumentasse a cumplicidade entre aqueles dois seres ávidos por amor e cuidado. Chegou o dia em que Gustavo, já um jovem, com faculdade e emprego, estava prestes a voar para fora daquele ninho e prometeu a liberdade para a mãe. O filho, tão amorosamente cuidado por Ana, construiu aquela independência que Ana nunca tivera e planejava felicidade para a sua vida e para a da sua mãe. Planejava uma nova família construída sobre pilares sólidos de respeito e amor.

– Mãe, eu juro que vou te libertar dessa prisão! – Repetia o filho revoltado, sempre que via o pai agredir Ana.

O respeito e o amor que tinham um pelo outro parecia o sol que trazia frescor e iluminava a comunidade ao alvorecer.

R7 era réu primário, não era explanado, bandido raro. E foi, por isso mesmo que, depois de conhecer Rachelly, juntava uma merreca por mês para partirem rumo a outro estado e viver de amor pelo restante da vida. Virava e mexia davam um rolé para curtir e relaxar as mentes conturbadas pelos batentes pesados.

Cruz era o policial que tinha assassinado Madrugada e foi atingido de raspão, no rosto, pelo R7. Um conhecia o outro. R7 prometeu, para si, vingar a morte do irmão. Rachelly o fez esquecer isso e sonhar com outras possibilidades de vida.

Era sábado à noite. A preta chegou do Hospital e convenceu R7 de ir ao Jacarezinho visitar sua tia e curtir um show que teria dos Racionais MC's. R7 evitava sair do morro, mas não tinha nada que Rachelly pedisse que ele não desse um jeito de fazer.

Arrumaram-se, montaram na moto e aceleraram rumo à Concórdia, Jacaré. Passaram na casa de Dona Lindava, tia de Rachelly e, logo depois, foram ao baile. Curtiram o melhor show de suas vidas e antes do dia amanhecer pegaram o caminho de volta.

Numa das ruas de acesso da comunidade, próxima ao Morro do Amor, havia uma blitz. O local estava deserto e escuro. Logo que ele virou na encruzilhada deu de frente com um fuzil apontado para sua cara.

– Para a moto e levanta e camisa! Bora!
– Calma chefe! Tá tudo tranquilo.

— Tudo tranquilo é o caralho! Bora! Desce da moto! Tem flagrante aí?! Se tiver, dá logo o papo.
— Tem nada não. Não uso drogas não, meu senhor.

Enquanto o cabo Soares fazia a revista em R7, o outro policial liberou uma moto que havia sido parada anteriormente e se aproximou perguntando a Rachelly:
— Você faz o quê?
— Profissionalmente eu sou enfermeira do Hospital Souza Aguiar.
— E o que tu tá fazendo na rua a essa hora?
— Exercendo meu direito de ir e vir.
— E tu tá vindo da onde e indo pra onde?
— Eu sou obrigada a lhe responder isso?
— Só pra facilitar.
— Eu tô vindo do Jacaré e indo pra minha casa que é aqui na Árvore Seca, se os senhores nos permitirem.

A revista tinha terminado. Documento e Habilitação, ok. Nenhuma passagem, ok. Sem drogas ou qualquer tipo de flagrante, ok.
— Vai lá malandrão!

Disse Soares para R7 que virou e deparou-se com o Sargento Cruz. No mesmo momento, R7 olhou pra baixo enquanto andava em direção à moto.
— Calmaê!

Disse Cruz pegando R7 pelo pouco cabelo que tinha e levantando seu rosto para conferir.
— Quê isso, meu chefe?!
— Meu chefe é a puta que te pariu! Tu acha que eu não sei quem você é?!

— Quê isso?! Não sou ninguém não! O senhor tá me confundindo.
— Te confundindo?! Olha pra minha cara seu filho da puta! Tá vendo essa cicatriz aqui?! Tu acha que eu vou confundir quem disparou um tiro na minha direção?
— Você tá confundindo senhor! Eu sou trabalhador.

O clima pesou. Rachelly tentava interferir pedindo que os levassem pra delegacia. De nada adiantou. Cruz o chutava, deferia coronhadas em seu rosto e estava disposto a matá-lo.

— Para, pelo amor de Deus! Ele é trabalhador! Leva ele pra delegacia ou libera a gente, por favor.

Como resposta, Rachelly tomou um tapão na cara. R7 se debatia. Cruz, para contê-lo, o algemou à uma barra de ferro paralela e foi novamente na direção de Rachelly.

— O que você está disposta a fazer pra eu não matar ele?
— Tira a mão de mim!
— Beleza.

Cruz apontou e destravou a arma na direção da cabeça de R7.

— Por favor, me mata chefe! Só não encosta nela!

Rachelly gritou:
— Não!

Soares olhava tudo que acontecia surpreso.

Cruz voltou à Rachelly e roçou o cano da pistola em suas partes íntimas. Foi a vez de R7 gritar.

— Cala a boca senão eu mato ela!

Disse Cruz engatilhando a pistola na cabeça da mesma. R7 calou. Soares interveio:

– O que é isso Sargento?!
– Cala a boca você também! Melhor, vem aqui! Bota o pau pra fora pra essa piranha mamar!
– Que isso, Sargento?! Não quero participar disso não!
Cruz apontou a pistola pra cabeça de Soares:
– Bota o pau pra fora!
– O senhor vai me matar, Sargento?!
– Bota o pau pra fora!
Soares sentiu medo. Rachelly chorava enquanto sentia o dedo do Cruz lhe penetrando e chupava Soares que nem rígido ficou. Cruz puxou a calcinha dela para o lado, agachou e a chupou antes de afastar Soares com o ombro e colocar seu membro na boca da mesma. Gozou.
– Solta ele Soares!
Soares abriu as algemas, mas R7 permaneceu algemado ao solo. Rachelly correu para lhe abraçar.
– Desculpa amor! Me perdoe!
A viatura foi embora. R7 não conseguia levantar, nem olhar para o rosto de sua esposa.
– Ronaldo, fala comigo! Pelo amor de Deus! Me perdoa amor!
R7 levantou o rosto.
– Por favor preta, vai embora! Eu nunca vou me perdoar pelo que aconteceu.
– Eu não vou lugar nenhum! Vamos pra casa. A gente vai superar isso.
– Eu morri Rachelly! Eu estou morto! Morto! Vai embora, por favor.
– Eu não vou a lugar nenhum sem você! Olha pra mim.
– Me desculpa. Eu não consigo.

Cidade Rasgada

R7 levantou, subiu na moto e arrancou deixando sua esposa ali, chorando em posição fetal. Passou na boca de fumo, pegou sua pistola e – antes que Rachelly subisse o Morro – sumiu.

LIBERTAÇÃO

Por Rosana Rodriguez

Ana casou-se, ainda jovenzinha, com Januário. Viveram a vida toda em Duque de Caxias, na Baixada Fluminense. Ele era um partido promissor: tinha bom emprego e aparentava ser um bom homem para ser pai e provedor da família. Eles tinham uma casa enorme, boa e confortável para época em que constituíram família. Os dois pareciam se amar muito, mas o amor não se demora onde uma única andorinha faz verão.

Ao longo dos anos, Januário foi se transformando em um desconhecido. Tornou-se violento e ditador. O lar era tão misterioso, que ninguém sabia, sequer desconfiava, que aquela mulher era mais uma na silenciosa estatística de violência doméstica.

O casal deu à luz o fruto daquele sentimento que um dia foi chamado de amor. A mãe e o pequeno Gustavo viviam sob o jugo de Januário, que se transformara em um homem avarento e rude:

– Não quero você amamentando no quintal! Entra agora! – dizia Januário quando via a mãe e o filho sob o sol da manhã.

Aos poucos, aquela família foi perdendo o brilho e a alegria que surgiram quando Gustavo nasceu. Durante anos, por conta do autoritarismo de Januário, seu filho mal podia brincar ou se relacionar com outras pessoas. A vida era assistida pela janelinha da porta da entrada da sala.

– Casamento é para sempre! – dizia Ana, apesar de toda truculência do marido. Ela, muito católica desde a infância, sempre acreditou que a esposa deveria obedecer a seu marido e que nada deve destruir os laços matrimoniais.

*

Duas décadas e meia se passaram nesse tormento, e a vida ficava cada vez pior para a mãe e para seu filho. Porém toda aquela infelicidade fez com que aumentasse a cumplicidade entre aqueles dois seres ávidos por amor e cuidado. Chegou o dia em que Gustavo, já um jovem, com faculdade e emprego, estava prestes a voar para fora daquele ninho e prometeu a liberdade para a mãe. O filho, tão amorosamente cuidado por Ana, construiu aquela independência que Ana nunca tivera e planejava felicidade para a sua vida e para a da sua mãe. Planejava uma nova família construída sobre pilares sólidos de respeito e amor.

– Mãe, eu juro que vou te libertar dessa prisão! – Repetia o filho revoltado, sempre que via o pai agredir Ana.

Libertação

Alguns dias se tornaram felizes, quando Gustavo e Ana conseguiam fugir, por alguns instantes, daquela casa que enterrava seus sonhos e suas alegrias. Como quando iam para a Praça da Apoteose na Vila São Luiz comer cachorro-quente, ou quando preferiam o famoso cachorro-quente do Russo, no centro, ou mesmo quando andavam pela Festa de Santo Antônio, padroeiro da cidade, para comer cocada de maracujá. Não poderia faltar o pastel com caldo de cana na Feira de Domingo. Mas foram raríssimas vezes que tiveram esses momentos de felicidade, pois Januário não gostava de aproveitar a vida e também não permitia que saíssem sem ele.

Mesmo com a ótima condição financeira da família, Januário deixava a casa se deteriorar, não permitia móveis novos e nem visitas. Acumulava imóveis, mas não usufruía do que construía e nem deixava a família usufruir. Era pobre do que mais importava: amor e respeito. Ele nunca teve dúvidas de que aquela mulher havia nascido para lhe servir e respeitar. Januário, apesar de adulto e morador do mesmo teto, se dava o "direito de marido" de ser servido. À espera da liberdade prometida pelo seu filho, Ana permanecia sempre a esposa "perfeita": cuidava sozinha daquela casa grande, cozinhava, passava e lavava.

*

No dia em que Gustavo foi assassinado, vítima de um assaltante que atirou ao ver reação, Ana morreu por dentro.

Já não vivia, apenas existia nesse mundo injusto aos nossos olhos. A luz do seu rosto se apagou e as lágrimas se tornaram ainda mais constantes. Sua saúde foi se esvaindo.

Os anos passaram tão rápido e tão iguais na dor, que ela chegou aos sessenta anos e nem percebeu. Januário, por sua vez, cada vez mais amargo e centrado em si, desde a morte do filho, piorou o tratamento dispensado a Ana, que já não tinha a visão perfeita e mal conseguia fazer as tarefas de casa. Perdera a vontade de tudo, até de se alimentar.

Como sempre, Januário não permitia ajuda, fracionava comida, entre outras ações mesquinhas. Ainda assim, por não ter para onde ir, Ana se manteve naquela casa, definhando, às custas de si mesma. O desleixo consigo mesma era evidente.

Um dia, ela não aguentou mais. Subiu ao quarto, no terceiro andar da enorme casa, e, sucumbindo à má sorte dos seus dias, pôs fim ao seu sofrimento atirando-se da janela.

Foi a única liberdade possível para Ana que, ao menos, morreu fora da sua prisão.

Januário ainda vive. Sozinho e com muitas posses.

NEGÃO METIDO

por Eliseu Banori

Ao meu filho, Eliseu Júnior, de dez anos, que já começou a experimentar a dor do racismo e aos meus amigos: José Carlos e Dona Ana que me ensinaram tanto sobre o amor!

O nome é José Carlos, o senhor Zé, como a sua esposa, Dona Ana, gostava muito de chamá-lo! Para muitos do bairro, era conhecido como "Negão metido a besta". Não é que seu Zé não soubesse desse apelido. Sabia muito bem. Parecia, também, que gostava mesmo. Era metido a besta porque vestia bonito. Era metido a besta porque andava na moda. Não só isso, o Negão também espalhava a elegância por onde quer que passasse. Talvez, quem sabe, essa mania dele de levar a vida tenha provocado a inveja dos pecadores do seu bairro. Como sempre, ele colocava o terno no seu estilo e não dava bola para ninguém. Seus cabelos estavam ainda bem fartos na cabeça. A sua altura sempre se confundia com a palmeira, jogando seus ramos ao vento. Havia dias que ele mesmo se reconhecia no espelho que estava mesmo metido. Mas isso não lhe dava dor de cabeça. *Cada um sabe onde o sapato aperta... Gato escaldado tem medo de água fria...*

— Neste país racista, um negro tem que ser metido mesmo. Fodam-se os racistas. — dizia ele sorrindo. Às vezes, demonstrava angústia de longos anos estampado no seu rosto inquieto de dor. A sua mulher, Dona Ana, já o avisara para não ficar usando roupas de jovens para achar que tem a idade de juventude. Mas ele nunca lhe deu ouvidos. A mulher não sabia quantas duras ele recebia dos policiais quando relaxava na produção. Só ele sabia. Porque a mulher passava a maior parte do tempo em casa. Mesmo assim, muitas vezes, via o rosto do marido banhado de lágrimas e às vezes se comovia com as notícias tristes do seu macho. Mas, só Negão sentia a dor na pele e o desprezo nos olhares dos policiais. De quando em quando, ele se chateava. Irritava. Incomodava tanto. Só que os sorrisos dessa gente hipócrita lhe davam um bom troco. Contudo, ele continuava como o dono de todo sofrimento, dono de toda miséria de que um dia seus avôs também já foram proprietários.

Ultimamente, o casal vivia desolado, por conta da maldade de homens pecadores. Mas, de algum modo, buscava ser feliz. Contudo, os pecadores, homens maus do bairro, eram, para eles, como o fogo sob as cinzas, tornando sua vida cada vez mais difícil. Estavam cientes da realidade da vida que levavam. Uma vez ou outra, embriagavam da alegria para afastar as histórias dolorosas do passado e do novo tempo que viviam. Cantavam e dançavam juntos as cantigas dos tempos dos seus ancestrais. Era assim o jeito com que eles buscavam a felicidade. Se for Deus o Castigo, que Ele tenha piedade deles, e saiba perdoá-los pelos seus brutos pecados. Porém, não era com Deus seus pesares da vida, mas, sim, era com os lobos disfarçados em pele de cordeiros. Porque o Negão era o homem do bem! A Dona Ana, no seu jeito doce e amável, parecia um anjo a serviço de Deus na terra. Por que a vida estava lidando com eles daquele jeito? Alta hora da noite, o Negão chorava tanto. Por vezes, engolia o choro, outra hora os soluços do choro lhe escapuliam e iam parar nas casas vizinhas. E, ele, como aprendeu desde cedo, limpava sozinho as lágrimas — Era praga de Deus? — perguntava com dor no peito. Mas não podia reclamar com Deus. Dizem que Deus é justo e sabe de todas as coisas. Deus não tinha nada com seu sofrimento, talvez os filhos que Ele mesmo criou a sua semelhança.

Na juventude, Negão metido queria experimentar outro tipo de sofrimento, menos a dor de ser discriminado por causa da cor da sua pele, seu cabelo e seus traços... Já bastava a escravidão dos seus antepassados, que vieram nos porões dos navios como cargas... As partes de dentro lhe doíam sem parar. Era o coração. Algumas vezes, ele sentia que era a dor da alma. Como curar essas dores? Não tinha liberdade de ir e de vir igual aos rapazes brancos do seu bairro. Era sempre questionado pelos policiais, às vezes, para encurtar a conversa, dizia que ia para o culto. Desde os anos de adolescência era assim. Quanto mais crescia, parecia que sofria mais. Todo o dia carregava na mochila as dores de revolta e de desamparo por ser negro e pobre. Zé, em dias livres, se lembrava com muita dor no peito algumas histórias do passado, que seu avô lhe contava – histórias amargas – resquícios da escravidão. Todas as noites ouvia essas histórias e não sabia diferenciar o sofrimento dos seus ancestrais do seu próprio desconsolo.

Certo dia, decidiu procurar um psicólogo da sua cor, relatou as dores do coração e da alma, após muitas horas de conversa. Mas o psicólogo apenas chorava, porque sofria com o mesmo problema. A dor era igual, porém sofriam de maneiras diferentes. O choro do psicólogo acalmou-lhe o coração. Sentia que ele não era a única pessoa no mundo com aquela desgraça da vida. Ele era apenas um pedaço do sofrimento de ser negro neste país.

Negão metido nunca se sentou na carteira de uma escola para aprender a ler as palavras... O que lhe deixava muito triste e com muita raiva do tempo que viveu no passado e deste novo tempo, que parece pior aos seus olhos, cheio de preconceitos, discriminação e racismo... Antigamente sofria por ser negro, mas não sabia. Tudo era levado na brincadeira e ele mesmo fingia também que toda aquela brincadeira de mau gosto era normal, mesmo que o coração lhe doesse. Aprendeu que devia sentir orgulho de ser negro, e essas brincadeiras não podiam minar sua raça e a alegria de viver. Ninguém podia arrancar seu orgulho de ser negro, morador de zona oeste do Rio de Janeiro. Mas, hoje, parece que o gato não comeu mais a sua língua. Ele agora sabe distinguir as brincadeiras: aquelas de amizades sinceras e aquelas de mau gosto, que feriam tanto a sua alma. É verdade que os tempos mudaram "Mudam-se os tempos, mudam-se as vontades"

– já dizia o poeta português. O tempo mudou mesmo e tomou novas qualidades. José Carlos também mudou junto com suas vontades. O que não mata, engorda. Sofreu tanto na vida que não aguentava mais quaisquer brincadeiras de mau gosto. Se for por causa disso que as pessoas lhe chamam de "Negão metido", que seja ele mesmo um metido a besta. Jamais engoliria o peixe pelo rabo.

Zé, nos últimos tempos, não se contentava mais por não saber ler as palavras, mas batia no peito com muito orgulho por ter aprendido a ler a vida desde criança. Ler a vida é conhecer muito mais as profundezas do ser humano.

– Se a gente prestasse atenção, poderá enxergar as coisas que estão longe do alcance dos nossos olhos. Nada melhor que esperar o tempo, confiar no tempo, mas quis o coração humano amargurar a vida com o fruto verde – dizia essas palavras sempre aos vizinhos. Parecia que estava falando para os outros. Contudo, os versos eram para si mesmo, eram para ele mesmo enfeitar sua angústia de dentro.

Um dia desses, tinha usado a mesma frase numa conversa com um jovem universitário. Este, por sua vez, perguntou se ele tinha lido a frase em algum livro — Negão metido disse que tinha lido a frase em um livro da vida. Jovem percebeu rápido que tinha muita coisa ainda para aprender com o amigo, enchendo, assim, a sua bagagem cultural. A partir desse dia, o jovem nunca mais desmembrou seus pés na casa do Negão. Desde lá, foi sempre assim, o jovem trazia histórias que lia em algum livro e o Negão contava histórias dos seus ancestrais, ora inventava. Não havia problema. As histórias boas, eventualmente, são aquelas que a gente inventa.

Certo dia, o jovem procurou o Negão. Fazia dias que tinha vontade de encontrar o amigo. Queria mesmo dividir com ele a frase que tinha acabado de ler num livro que o pai lhe deu de presente de aniversário há anos. Tinha certeza de que o Negão iria gostar da frase: Eis que naquele dia tampouco pisou os pés na varanda da casa do amigo soltou as palavras como sopro do vento: "A vida é igual em toda a parte e o que é necessário é a gente ser a gente". O Negão arregalou seus olhos na cabeça, e confessou mesmo que aquilo foi a coisa mais linda que tinha ouvido na vida. Os dois riram juntos, e cada vez mais florescia aquela linda amizade que era bonita de ver!

Casado com Dona Ana há mais de trinta anos, cinco filhos, doze bisnetos e a fama de 14 anos de carnaval interpretando o Bola Preta, não lhe encheu o coração de viver. Havia três anos que o Negão tinha perdido a mãe, a Dona Benairdes. A dor dessa perda ainda machucava a sua alma grande. Essa perda, uma vez por outra, lhe tirava seu prazer de vida. Um dia, numa noite de insônia, veio a inspiração, que ele abraçou na hora. Para eternizar a memória da Dona Benairdes, a sua velhinha, ele construiu uma barraca em frente da sua casa, dando livros de graças aos moradores da sua comunidade.

– Eu não sei ler as palavras, mas tem muita gente que precisa se alimentar delas... – dizia o Negão.

A barraca fez sucesso na sua comunidade e na cidade. E a história foi parar na televisão. Agora não é mais "Negão metido", mas, sim, "Negão da Globo". Os olhos abertos nunca se contentam com a escuridão. Zé alimentava seu bairro com as palavras, alimentou a cidade com tantas histórias, vindas de todos os cantos do planeta Terra. Mas, um dia desses, veio uma mulher branca, em um carro que parecia esses de filmes americanos, arrancar dele toda a graça da vida...

– Oi! Queria falar com o senhor José Carlos, dono dessa biblioteca! Ele se encontra?

– José Carlos, sou eu! Posso ajudar? – Mas é você o dono? – disse a mulher com grande surpresa dos seus olhos azuis.

– Sim. Senhora!

– Queria um livro de Filosofia. Você tem?

– Senhora, me desculpe. Eu não sei ler palavras. Dá uma olhada nas estantes...

– Se você não sabe ler, por que se meteu numa coisa que não entende? Olha, até onde você vai com isso. – os encantos de tudo que Negão metido havia construído desabaram em instantes. Fechou a porta da sua pequena biblioteca com muita vontade de nunca mais abrir. Remorso guardado em um fundo do canto da sua alma. Com certeza, haverá ainda várias palavras de desgosto como aquelas por vir. Passou a semana todo encolhido e calado. O silêncio também fala. Ele sabia que aquilo era racismo. Tinha que ser forte. Não sabia se era racismo estrutural como costumava ouvir nos últimos tempos. Mas, de certo, ele sabia que atitude da mulher branca era racismo – o ódio que os brancos cospem com disfarce todos os dias nos corpos negros. Pode até não ser racismo estrutural. Mas aquilo só podia ser racismo.

– O racista é bicho de sete cabeças. Nunca conseguirá esconder seu rabo. Tão importante quanto saber aguentar a dor do viver é saber resistir aos racistas deste país. – disse a esposa, tentando, desesperadamente, segundo testemunhas, costurar o coração ferido do marido, de tantas injustiças do passado e do presente.

Naquele lugarejo, onde tudo começou, os dois se abraçaram ternamente, rostos molhados de lágrimas, mirando um novo tempo de paz, de sossego, desejando apenas que a vida mudasse, e que as pessoas também mudassem suas formas de pensar!

Na sua alma inquieta, senhor José Carlos buscou desejos do peito que a vida nunca lhe dera. Mas a mulher, a Dona Ana, o mandou esperar. Ele ainda espera um novo tempo! Crente nos dias melhores! *Água mole em pedra dura tanto bate até que fura.*

TERCEIRO CAMINHO
DOS DESGOSTOS E TENSÕES

"...Quanto tempo faz
Que felicidade
E que vontade de tocar viola de verdade
E de fazer canções como as que fez meu pai."
(João Nogueira - Espelho)

NA CASA DE MEU PAI

Por Dandara Suburbana

Nasceu sem sapato. Calçou o primeiro par, já tinha barba, bigode e pentelho, como costumava dizer. Havia três presentes que o faziam feliz: calçados, pijamas e lenços. Não dormia desarrumado de jeito nenhum, "vai que passa um vento e ..., já nasci pelado, na hora de morrer quero ir bem arrumado, se tiver maltrapilho viro indigente...". Tudo bem, ninguém discutia. Lenço também não era qualquer um, gostava daqueles jogos finos, em caixas bonitas bem embaladas para presente. "Preto não pode andar mal arrumado e suado minha filha".

Estava sempre impecável! Anunciava sua chegada de longe, o cheiro do perfume invadia tudo. E não usava só "colônia", passava no corpo todo, principalmente nas pernas, óleo de amêndoas, pois tinha pavor de sair de casa com as canelas russas. Branca mesmo só aquela cerveja estupidamente gelada do boteco. Aí vai! Gostava de roupas de linho e seda. A barba sempre feita, o cabelo "na régua", um bom relógio no pulso e, pelo menos, alguma jóia em ouro no pescoço. O clássico anel de São Jorge, na mão esquerda, e um cordão com a medalhinha do santo junto com seus fios de conta no peito. Sim, frisava, "fios de conta", porque "quem usa guia é cachorro". Das lições aprendidas na dor: "Um homi vale pelo que tem no bolso e pelo que carrega no punho e no pescoço". E levava mesmo ao pé da letra, se tinha alguma coisa que tirava completamente o seu humor era a falta de dinheiro: "um homi liso é um homi morto".

Agora, disso tudo, o que mais prezava mesmo, era um bom par de sapatos. Gostava dos exemplares feitos sob medida, de couro legítimo, com bicos finos e coloridos, de preferência com dois tons em contraste. Às sextas-feiras, não dispensava os pares totalmente brancos, devidamente lustrados e limpos. Tinha alguns modelos de bico azul e vermelho, fazendo jus a sua escola de samba do coração, a União da Ilha do Governador. Outros com bico verde, marrom, amarelo, prata e caramelo. Meu pai foi usar tênis e camisetas de malha depois dos 60 anos. Tomamos até um susto, pois houve tempos em que ele considerava uma ofensa andar na rua de chinela, por exemplo: "já se viu um homem andando com o pé todo cinza nas calçadas? Me respeitem!". Os calçados de borracha eram para dentro de casa e olhe lá, porque ele preferia mesmo as sandálias abertas de couro, achava mais apropriado para um senhor da sua idade. "Vocês jovens são tudo cheio das modernidadi, já se viu pagar mais de 50 conto num pedaço de prástico?". Ficava indignado: "Seu irmão pagou um galo, um galo minha filha, um galo nessas chinelas fedida, só porque tem um negocinho colado da Coca-Cola, eu nem sabia que eles faziam alguma coisa além de refrigerante...". E falou por horas sobre isso nos nossos ouvidos, "porque no meu tempo..., isso não vai durar nada...". Meu irmão gargalhava quando descobriu que 50 reais era o valor de um galo, choramos de rir.

Fazia questão de lustrar todos os dias os seus calçados. Graxa era item básico de supermercado. Lembro de uma vez que fomos juntos ao centro do Rio e quando passamos pela Avenida Presidente Vargas, um menino franzino, bem pretinho, nos parou e pediu para engraxar os seus sapatos. Meu pai ficou muito nervoso, acenava com a mão que não, mas o garoto já tinha pego na sua perna e ele quase caiu para trás para puxar os pés rápido, antes que ele pudesse fazer o trabalho. Eu tomei um susto, pedi calma e perguntei o que estava acontecendo, ele gritava com o menino "eu dou o dinheiro, mas sai, sai!". Apavorado o rapazinho foi embora com uns trocados na mão e entramos em uma lanchonete para ele se acalmar. Pedimos uma água e um café, e então ele me contou o porquê de tanto incômodo: "eu fiz muito isso minha filha, muito, levei muito chute na cara desses bacana de terno, jurei pra mim mermo que nunca ia fazer isso com ninguém", e completou "é humilhante, vergonhoso ...". Eu congelei, mesmo em meio a tanta gente e calor. Abafei um grito que doeu fundo. Os olhos cheios de água, mas eu me segurando. Pagamos a conta. Fomos andando. Caminhei de braços dados aos seus, cabeça baixa, o silêncio ensurdecedor das lágrimas caindo no chão, não sabia se eram meus olhos ou bicas frouxas gotejando. Estanquei, engoli o choro. As feridas, entretanto, ainda abertas, de tanto ontem revestido de hoje.

Eu nunca vi meu pai chorar. Dizem que ele nunca foi disso, nem quando pequeno. Saturou mesmo. Das águas que me lembro de brotar em seu corpo só saliva e suor. Transpirava muito, mas andava precavido com seus lencinhos. Sempre foi enfático, gritava e botava o dedo na cara dos outros até quando intencionava falar em tom conciliador. E cuspia. Ah, se cuspia! Metralhava tantas palavras por segundo que mal conseguia engolir a saliva. Sempre foi acelerado. Tinha dia que eu me perguntava se ele teria um infarto, mas acho mesmo que gritar ajudava a botar para fora, e não só isso, ele batia palmas, pulava, falava, socava parede, tudo ao mesmo tempo. Quanta energia! Era um homem de palavras e de ação. Sempre movimentou tudo e todos ao seu redor, era movido a trabalho. Quando criança morou na rua, trabalhou em muitas coisas, como engraxate, ajudante de pedreiro, atravessador de mercadorias e ajudante de caminhão. Gostava mesmo dessa última porque, segundo ele, tinha a regalia de dormir nas boleias a noite. Sua alcunha: Fumaça! Rápido para aparecer e sumir, diziam as boas e também as más línguas. Foi mesmo um vapor em minha vida, simultaneamente, distante e presente.

Filho da lavadeira Celina e do pedreiro Justino, meus avós, Fumaça teve uma infância difícil, marcada por muita fome. Por isso, fugiu de casa, na Ilha do Governador e foi parar na praça XV, com quatorze anos. A rua não foi menos hostil. Às vezes, sentava os filhos e nos contava das chacinas que presenciou, protagonizadas pelos chamados "esquadrões da morte", que rondavam na madrugada da cidade eliminando os vadios, ou seja, pessoas, majoritariamente, negras e pobres, que dormiam nas calçadas. Assim, viu muitos dos seus indo embora. Nem achou que completaria 18 anos. Mas completou. E nessa idade teve um destino semelhante a muitos outros homens negros do país: o serviço militar. Alistou-se no Batalhão da Cavalaria, em São Cristóvão. E de lá foi para construção de Brasília. Na capital do país, testemunhou várias baixas dos seus de novo. Segundo contava, a capital foi erguida em cima de sangue e ossos. Sem material de proteção, sem alimentação adequada, um bando de gente preta entregue a própria sorte. "E preto tem sorte?" Fugiu de novo. Brincava dizendo que era um nego fujão mesmo. Não se enquadrou. Sempre foi contestador. Voltou pra Ilha, o bairro que sempre amou e para a sua escola de samba do coração. Construiu a primeira sede da escola cavando muito barro em 1953. Quarenta e seis anos depois foi, com orgulho, o seu presidente.

Além de não chorar, Fumaça morria de medo de ficar sozinho. Não dormia de luz apagada de jeito nenhum, sempre tinha pelo menos um abajur aceso. E, para além da luminosidade, precisava também das vozes. Passava a madrugada com a televisão ligada. Fora os tantos casamentos e companhias das quais desfrutou ao longo da vida. A sua casa estava sempre cheia. Meu pai casou-se treze vezes. E toda vez que um relacionamento acabava tinha até bolão na rua para arriscar quanto tempo ficaria sozinho, não passava dos seis meses. Aliás, esses eram os seus melhores meses. Eu fiquei com a impressão de que ele era um homem muito mais flexível e cuidadoso quando estava sozinho. Outro dia estava falando sobre isso com minha irmã mais velha e ela disse: "ele era manipulador, canceriano carente, ficava sem brigar com a gente pra não estar sozinho". Faz sentido, existiam duas coisas que o apavoravam: a solidão e a morte. Quando passava de frente para um cemitério era tanto sinal que fazia com os dedos, cruzava na testa, no peito e no queixo, depois deslizava a mão por cima da cabeça despachando toda e qualquer urucubaca. Orgulhava-se de nunca ter usado tóxico, mesmo morando na rua, mas assumia que tinha um grande vício: as mulheres. Eu arrisco dizer que sua fixação mesmo era na ideia de família. Mesmo que tenha nos afastado, muitas vezes, dele. Seu lado irreverente e engraçado não compensava sua fúria e violência em alguns momentos. Era implacável ao ser contrariado. Mas isso é papo de outro dia.

Como bom filho de Xangô, o Rei preocupava-se com outra coisa além da boa aparência: a comida. E se tem uma coisa que casa do subúrbio é cheia, é de comilança! Sempre foi exagerado. Mesmo! Principalmente, no final do ano. Os Natais eram animados, sempre com muita gente. Fumaça agregava várias famílias. Tinha mais de 30 afilhados, e a gente se perguntava de onde saída tanto apadrinhamento. Amava crianças e sempre ajudava. Passei a infância vendo ele ir no Mercadão de Madureira comprar caixas fechadas com ovos de páscoa para distribuir. Chegava lá na rua com a mala abarrotada e buzinar não bastava, tinha que gritar junto, gesticular e pular. Abria a mala do carro e parecia o Papai Noel, corria aquela gurizada em peso à sua volta. Para ele tudo acabava em festa. Quando cresci nem queria mais participar, aquele chocolate ruim, comprado no atacado, a gente mastigava, mastigava e parecia chiclete. Ele retaliava "tanta criança passando fome, que nunca nem ganhou um ovo de chocolate e vocês escolhendo comida...". Eu sentia culpa e comia.

Mesma coisa no dia de São Cosme e São Damião, quantas noites passamos embalando os saquinhos. Com doces bons tá? Ele dizia que se o suplicante economizasse nas oferendas para os pequenos, os santos se chateavam. Melhor não arriscar! E lá íamos nós com aquelas 400, 500, até 600 sacolinhas pelas ruas. Eu me perguntava porque ele simplesmente não estacionava o carro, abria a porta e distribuía. Ao invés disso, fazia a gente rodar durante todo o dia por bairros e mais bairros. Nas suas teorias, era preciso variar nos lugares porque nunca se sabia aonde poderia ter uma criança com vontade e sem a oportunidade de comer um doce. Valia...

Era devoto dos dois irmãos (mais o Doum que não dava para esquecer) e de São Jorge, Ogum, Xangô, Nossa Senhora Aparecida, Cigana, Dona Maria Molambo, Santa Anastácia e Seu Zé Pelintra. Oxi! Muita diversidade nesse panteão sincrético que dividia a mesma casa, ainda que cada um tivesse o seu devido canto, evidente! Passando do portão da garagem estavam Dona Molambo e Seu Zé para nos receber, subindo mais um pouco, já quase na porta de casa, estavam Ogum e São Jorge, em uma gruta exclusiva, feita de mármore. Na frente, ficava a imagem do santo, triunfante em seu cavalo, que pesava cerca de 80 quilos, e logo atrás, o alguidar e as quartinhas de barro, com as ferramentas do orixá. Nunca os vi sem ter, pelo menos, um jarro de flores e uma vela acesa. Meu pai não entrava ou saía de casa sem tirar seu chapéu panamá e encostar a cabeça no chão, próximo ao portão de ferro que dava acesso ao santuário, ou seria, orixário?! Sei lá, na dúvida, eu preferia agradar os dois, levava cravo branco, cerveja e rosas vermelhas para Jorge, e inhame cará para a divindade iorubá. Segundo ele, os dois conviviam bem. Entrando dentro de casa, logo na cozinha, dentro de um armário, no alto, ficava a Cigana, rodeada de incensos, moedas, velas coloridas e bonecas. Cresci vendo meu pai passar o dinheiro no corpo e depois colocar em um cesto na frente da sua imagem. Comumente, ele colocava ela no carro e levava para passear nos lugares onde podia ganhar dinheiro, como as portas dos bancos e dos escritórios próximo de onde mantinha os seus negócios.

Fumaça era um exímio comerciante. Estudou até a terceira série primária, mas ninguém na família entendia tanto de números e fazia mais contas de cabeça do que ele. Além disso, meu pai lia, por dia, pelo menos, quatro jornais diferentes, prestava atenção em tudo, desde as cotações e investimentos na bolsa de valores, até nas notícias sensacionalistas dos artistas. Era fã de Machado de Assis e Lima Barreto, dois homens pretos, cada um a seu modo, que ousaram transgredir seu lugar subalterno, como costumava dizer. Ele nunca ligou muito para os detalhes da educação dos seus filhos, como era divorciado das nossas mães, deixava com elas a tarefa do dia a dia de criar e acreditava que só devia ser chamado quando tivessem grandes problemas. O racismo era um deles. Uma vez foi na escola da minha irmã, e respondeu a diretora, que debochou dele e duvidou da sua capacidade de pensar, dizendo: "eu sou preto sim, mas onde eu sento a bunda, muito branco, como a senhora, não coloca nem a mão".

Bom, voltemos para os seus protetores. Cosme, Damião e Doum ficavam na sala principal, junto a Xangô e Nossa Senhora Aparecida. Todos bem pretinhos. Há pouco tempo parei para pensar nisso, em como meu grande fascínio com as religiões afro-brasileiras, no final da minha adolescência, por volta dos meus dezessete anos de idade, se devia ao fato de que as entidades e os orixás cultuados soavam muito familiares para mim. Antes disso, fui uma católica fervorosa. Outro dia, também me questionei o porquê disso, já que o catolicismo nunca me satisfez. Sentia um vazio enorme no peito. Até que nessas semanas, escrevendo sobre a minha família, me veio uma importante lembrança. Eu não gostava do catolicismo. Gostava de Maria. Mais precisamente de Nossa Senhora Aparecida. Durante parte da minha infância, ela foi a única pessoa negra que tive contato dentro da minha família. Sim, pessoa! Eu a via como gente. Conversava com ela, escrevia – sempre amei escrever – bilhetinhos com queixas e pedidos, e botava embaixo dos seus pés.

Além da representação de uma mulher negra, haviam muitos anjinhos negros a sua volta. A imagem era da minha avó materna, grande admiradora da santa. Antes de morar com ela, aos 6 anos de idade, eu também nunca tinha visto um anjo preto. Os anjinhos que conhecia no jardim de infância eram todos loirinhos, pretos mesmos só os diabinhos que vestiam vermelho e tinham chifrinhos. Eu olhava extasiada para o altar onde a santa e a sua corte celeste negra ficava. Assim, eu me sentia parte, me identificava. Fruto de uma família inter-racial, só fui conviver com minha família paterna, negra, alguns anos mais tarde. Durante um bom tempo, me satisfazia mesmo era com Aparecida. E não por coincidência do destino, continuei conversando com ela na casa de meu pai. Foi com ele, por exemplo, que fui pela primeira vez ao santuário de Aparecida do Norte. Minha avó, assim como ele, também tinha em casa uma imagem de Anastácia, a santa amordaçada, que fala pelos olhos. A dela ficava no antigo quartinho de empregada do seu apartamento. E a do meu pai no seu próprio quarto.

Bom, voltando aos agitados natais. A família era numerosa. Eram treze ex-mulheres, está aí um homem que, de fato, acreditava no casamento, e oito, registrados, filhos. Nós sempre fizemos questão de frisar o "registrados", porque vez ou outra vinha alguma história de um possível irmão à tona. Não me esqueço de Diego, que morava na Bahia e pela idade seria meu irmão gêmeo. Seria ou é? Sei lá! Não ouvimos falar mais dele. Não por acaso, não tinha uma festa nessa família que não tivesse um pagode para puxar: "já tive mulheres de todas as cores, de várias idades e muitos amores...". Ele cantava orgulhoso e emendava: "fiz um filho em cada uma pra não estragar o playground". Nessa hora, uns gargalhavam, outros fingiam espanto, e tinha sempre uma ex-mulher para dar a melhor resposta: "tá recalcado porque não tá mais comendo...". Vish.... Nós, filhas mulheres, morríamos de vergonha: "sem detalhes gente...". E quando o questionavam sobre a virilidade na terceira idade, respondia: "enquanto houver língua e dedo, mulher não põe medo". Imaginem vocês ouvir esse discurso numa mesa enorme de jantar? A gente brigava. Ele ria e só piorava "eu tenho uma família diversa, consegui unir minhas ex-mulheres, meus filhos, meus netos, meus afilhados, aqui tem de tudo: piranha, viado, sapatão". Eu queria entrar para debaixo da mesa e sumir. Fazíamos de novo cara feia e ele parava. Depois quando ele dormia a gente passava mal de rir lembrando. Mas ele nunca soube.

Quem olhava de fora até achava bonito esse negócio de conseguir juntar todo mundo. Ele se gabava. Na realidade, tinham muitas tensões que se distribuíam ao longo desses encontros, que nem sempre acabavam bem. O politicamente correto não se aplicava, mesmo, a nossa família. Muitas violências, mas também boas gargalhadas. E um bom farnel de comida. Era tanta fruta, doces e salgados que a nossa luta era para distribuir tudo em caixas, potes plásticos, sacolas e despachar entre os parentes e os convidados. Ele precisava mesmo ver uma mesa farta. Eu demorei a entender porque fazia questão de manter duas geladeiras e dois freezers, todos velhos e cheios de problemas: "esses refrigeradores de antigamente que são bons minha filha, são grandes e gelam mais rápido". Assim, passava longe a sombra temerosa da fome.

10 de julho era o seu aniversário. O mês todo de festa. Não importa a data que caísse, ele comemorava, sempre, no dia! "Antes ou depois dá azar, aniversário é feito para comemorar no dia filha, vem quem quer". E como vinha gente... A festa começava em uma manhã, sempre depois da missa, e, ao longo do dia, não parava de encher. O tema: festa junina, com aquela quantidade imensa de comidas típicas.

Mas vocês pensam que era sufiente? Não, tinha também churrasco, feijoada e caldo para "dar uma forcinha" e não deixar acabar nada. As portas sempre abertas, chegava para a comemoração quem quisesse. Tinha pagode, forró e quadrilha, tudo ao mesmo tempo. Um amigo doava as carnes, outra amiga fazia o caldo de ervilha, um outro os tabuleiros de cocada ou pé de moleque, um conhecido tocava banjo, outro cavaquinho e assim por diante. No famoso ratatá. Ele gastava um pouco mais com a bebida e contratando algumas pessoas para ajudar a servir, mas esse trabalho todo mundo dividia, as namoradas, os amigos, as esposas, as ex-esposas, os filhos... Depois de alguns anos comemorava sempre no Esporte Clube Cocotá, clube do qual foi presidente, ou na quadra da União da Ilha.

Só o bolo tinha uns cinco ou seis metros, ofertado sempre pelo dono do supermercado local, que o conhecia desde garoto. O velhinho já passava dos 90 anos, mas estava lá, firme e forte para a celebração, meu pai ficava abraçado com ele e repetia muitas vezes: "meus filhos vem cá, esse aqui cansou de matar minha fome, a gente embrulhava as carnes no jornal para não estragar".

A mesa do bolo era uma atração à parte! Ele gritava para mim e para as minhas irmãs ficarmos uma em cada extremidade, cuidando para que não avançassem no bolo antes de cantar o tão esperado parabéns. Que tarefa árdua. Perto das 18, 19 horas, uma multidão de homens, mulheres e crianças, já se aglomerava em volta de nós com sacos de plástico, potes, pedaços de papelão e outros possíveis recipientes. Após o seu tradicional discurso, nós, cuidadosamente, tirávamos os três pedaços destinados aos santos e estava dada a largada para a partilha. Era um tal de gente avançando com a mão, puxando pedaço de um lado, com a cara coberta de chantilly de outro, tacando fruta e bolo uns nos outros com raiva no meio do empurra-empurra. As sacolas saíam cheias de bolo. E lá estava o Fumaça no canto, observando tudo satisfeito. Adorava. O bolo era grande para que levassem pedaços inteiros, ele batia palma, ria, roubava um pedaço de uma bolsa ou outra para comer, fazia piada: "não é pavê, é pra cumê mermo, deixa as criança". Só queria ter a certeza de que os pedaços sagrados foram, devidamente, separados e guardados. Garantia de saúde e vida longa. Fora isso, não se preocupava com mais nada. Amava celebrar desse jeito a vida!

O mês posterior não era tão animado quando julho. Meu pai morria de medo do agosto. Época de reflexão, cautela e calmaria segundo suas crenças. Era preciso respeitar o dono do tempo nessa época, Obaluaiê, senhor implacável que cuida da morte e da vida. Era a hora dos tantos banhos de pipoca. Porém, no ano passado tivemos festa também. No dia 16 de agosto fomos todos para a quadra da União da Ilha. Ele todo de branco, no linho, sapato bicolor. Comemorando à altura a viagem importante que faria. Eis que chegava o grande dia. A bateria da escola tocando os seus sambas preferidos. Houve quem estivesse emotivo. Eu apenas observava. Tinha uma moça perto dele que, agarrada em seu braço, chorava desesperada. Ficamos confusos, perguntei aos meus irmãos se a conheciam e ninguém sabia de nada. Até que minha irmã falou "deve ser sua afilhada", e gargalhamos. Sim, meu pai era sacana, como tinha muitos afilhados, às vezes, mascarava algumas namoradas, fora do seu casamento, chamando-as também de sobrinhas ou afilhadas, pelo olhar dele a gente já entendia. Quando chegamos perto dos dois, ele estava com a típica cara "de quem fingia que nos enganava". Permanecia contente diante do choro compulsivo da mulher. Era chegado aos dramas, estimulava com prazer esses sentimentos exacerbados. Ele, inclusive, em um único dia mudava de temperamento inúmeras vezes, da euforia a irritação, passando por doses de gentileza e grosseria. Sempre polêmico, não havia meios termos em sua vida, era muito amado e também muito odiado, suas amantes conseguiam ainda a proeza de transitar, ao mesmo tempo, pelos dois extremos.

Nesse dia tinha de tudo, pois gostando do Fumaça ou não, festa ninguém queria perder. Saímos para a rua, que já estava na lotação máxima, com o samba comendo nas mãos dos ritmistas. As mulheres choravam e sambavam muito. E os homens com os copos cheios, afinal, era preciso fazer jus de comemorar com um cavalo de Seu Zé Pelintra. Ganhou todo tipo de presente, flores, vermelhas e brancas, respeitando a cor da sua escola, lenços, bebidas e até calcinhas. Sim, calcinhas! Nem me perguntem se novas ou usadas... A gosto do cliente, provavelmente. Elas o agarravam e jogavam no seu peito, ele sorria de canto de boca, satisfeito. Havia aqueles amigos que gostavam das emoções mais radicais e não disfarçavam o intento, unha grande serve para que mesmo? Narizes refeitos a cada compasso. Eu olhava abismada a quantidade de pupilas dilatadas que vinham me cumprimentar afoitas, tudo bem, só não dava para apertar as mãos mesmo. Não sei, até hoje, de onde surgiam tantas bandeiras do Vasco do Gama, seu time do coração reinava tão absoluto, que até os flamenguistas cederam.

Por um momento me afastei de todos e pude conferir de longe a imensa massa negra que nos acompanhava. O sol estava à pino, mas era Fumaça que reinava. Ovacionado, aplaudido e carregado por muitas mãos e colos. Colos abundantes acompanhados de quadris largos, do jeitinho que ele gostava: "não confio em mulher sem bunda, tem que ter fartura". Eu assistia a tudo meio apática, sei lá, anestesiada talvez. Ao mesmo tempo, um orgulho imenso desse pai. Resolvi lhe ofertar doces e escrevi um texto bonito, que falava de amizade, distribuí entre os seus amigos. Deus me livre meu pai passar um dia sem comer doce. Entretanto, se era generoso com os erês na rua, dentro de casa sempre foi mais egoísta. Naquele dia, mais cedo, achamos a chave do seu quarto e confiscamos um monte de barras de chocolate escondidas. Só dando risada. Um homem de setenta e quatro anos que camuflava suas gordices noturnas debaixo do colchão ou na gaveta de meias: "pai parece criança, poxa, o açúcar tá alto". Para me acalmar de sua teimosia e distrair a cabeça resolvi contar suas caixas de sapato. A parede estava tomada por todos os lados. Tinha por baixo uns setenta pares de couro, fora os tênis, os chinelos e as sandálias, tanta coisa que me interroguei se eu tinha um pai ou uma centopeia. Ri baixinho. Nitidamente sua voz grave veio na minha cabeça: "os escravos andavam descalços e eu nasci liberto filha".

Estava chegando ao fim do dia. Em meio a tanto alvoroço o perdi de vista. Queria dar um último abraço de despedida. Foi aí que senti meu irmão me puxando e ouvi quando ele disse "deixa minha irmã chegar perto gente".

Encontrei meu pai, segurei firme no seu rosto, estava quente, como sempre. Entreguei os doces, as flores, falei coisas não ditas sobre a gente. E antes dele ir, ouvi quando cantou em meu ouvido, serenamente: "Acredito ser o mais valente nessa luta do rochedo com o mar. E com o ar! É hoje o dia da alegria e a tristeza, nem pode pensar em chegar...".

Renasceu.

SÓ AS MÃES
SÃO FELIZES?

Por Drika Castro

Crescida nos subúrbios nos melhores dias, parafraseando João Nogueira, fui usuária assídua das lihas 918, 744, 638, 624, 391... Uma lista infindável de números, que davam a volta ao mundo, propiciando horas e horas de curiosidade, descobertas e apreensões.

"Peguei o ônibus, certo?"

"Ah, meu Deus, mudou o percurso!"

"Atenção, tá perto do ponto de descer... Não parou!!!! Ô motorista! Olha o ponto!"

"Será ladrão?"

"Tão roubando, cabelo! Cuidado!"

No mundo pré-adolescente nos melhores dias tudo era vasto, inusitado e mega diverso do hoje. Afinal, estávamos décadas distante do modo digital de viver, de metaversos e coisas do gênero. Na existência analógica se perder com o dinheiro contato da passagem era tenso e se não achasse um orelhão para ligar a cobrar para a vizinha? E se a vizinha não aceitasse a ligação?

Mas, esse conto não é sobre descobrir o mundo no busão nem sobre medo e desejo de se perder pelos caminhos. Começo por aí só para que saibas que já tinha quilometragem suburbana quando aos 17 anos parei na universidade e fui catapultada para a vida adulta (tem isso???).

Entre as inúmeras decisões e dilemas desse tempo em que tudo parecia ganhar ares de seriedade, pois era vinculado à ilusão (analógica) de para o resto da vida, havia a urgência de estágio remunerado, de ter o próprio dinheiro. Nessa onda, qualquer coisa valia: transcrever fitas, ghostwriter – nome besta para designar quem vende a letra do samba para alguém assinar a autoria, iniciação científica (outro nível na cadeia alimentar universitária!), andar por aí com questionários infinitos para entrevistar as gentes dentre outras infindáveis possibilidades de empreendedorismo.

Foi numa das tentativas de assegurar a grana para visitar os sebos do Centro da cidade que virei entrevistadora. Chique, né?!?! (risos) Depois do treinamento sobre a importância da neutralidade, de não falar nada além do texto de cada pergunta, de não se emocionar, de não conversar, de não... de não... de não... Partiu Vila Kennedy!

Antes de entrar na Kombi (vida analógica, lembra?), um jantar inteiro de recomendações da mãe, que ir para esses lugares perigosos exige milhares de cuidados para uma menina. "Com tanto lugar, tinha que ser na Vila Kennedy?" Ouvi as recomendações, selecionando aquelas que faziam algum sentido para quem tá na faixa dos vinte anos... Ou seja, quase nenhuma!

Desembarcamos perto do posto de saúde, recebemos novas orientações e lá fomos nós. Universitárias, pretensamente importantes, produzindo informação para o desenvolvimento da ciência (contém ironia!). As suburbanas sem grandes estranhamentos quanto ao espaço, casas, pessoas, cheiros. As outras? Deixa quieto!

Na terceira ou quarta casa, encontrei Marina... Mulher negra, dona de casa, mãe de duas meninas. "Minha filha também está na universidade! Faz serviço social." Assenti com a cabeça, soltei um "que legal!" e comecei as infindáveis perguntas... Foi minha última entrevista!

Em menos de dez minutos o questionário não fazia qualquer sentido e todos os nãos do treinamento existiam para ser esquecidos. Marina tinha tão mais a me dizer, era tão mais necessária e interessante que as regras e as perguntas padronizadas.

Casada há vinte anos, investiu tudo nas filhas... "Para terem uma vida melhor!" A mais velha ia se formar e a mais nova "se Deus quiser" também chegava lá. Mas, "o mundo tá muito difícil, minha filha", "a violência tá demais"... Por mais de uma hora, Marina desfiou um rosário de preocupações com o futuro das filhas. Emprego, bom marido, a casinha. Contou as orações diárias pela proteção das meninas nos deslocamentos para a universidade, o estágio, a escola e o retorno para casa.

Sentada no sofá da sala de Marina, ouvia minha mãe. Pensava no quanto eram diferentes, na distância social e geográfica que as separava, e, ao mesmo tempo, nas angústias que carregavam e as reunia sob a palavra mãe. Do ponto de vista de uma e de outra, havia uma cidade perigosa, sempre hostil. Havia um futuro que cuidar para ser melhor, protegido. Havia meninas, sempre mais vulneráveis que meninos. Havia o risco do desconhecido, do preconceito e dos estereótipos que demarcam os espaços e seus habitantes. Eram duas mulheres preocupadas, tensas, para quem o mundo através do espelho, o mundo da outra, era ameaçador.

Perdi o posto de entrevistadora!

No entanto, voltei para casa bem mais velha e menos arrogante, compreendendo melhor a mulher que me esperava pelos olhos da que esperava Júlia. Me perguntando se Cazuza não tinha exagerado, de fato, quando pensou que só as mães são felizes.

DE ÈṢÙ
PARA ODARA

por Márcia Pereira

Foi na guerra que eu liderei a coroa de Odara. Tive um lindo duelo com Oyà. Um duelo que durou quase três horas. Odara não imaginava que me teria em sua vida. Ao longo do tempo, se preparando para a iniciação no Candomblé, ela idolatrava Oyà e sentia integralmente a sua essência. Aliás, até então, ela seria Omorixá de Oyà e não de Èṣù. Tive um lindo encontro com Odara, mesmo ela não aceitando ser a minha filha. E afirmou veementemente:
– Não quero ser filha desse Orixá. Ninguém gosta dele e, na igreja em que eu vim, ele era chamado de demônio. Me recuso a continuar nessa iniciação. Quero ir embora!
Ela passou por momentos muito tensos. Afinal, a rede que a cercava, não fazia ideia que minha energia era extremamente positiva. O meu foco era cuidar de Odara e eu não me ausentei um minuto sequer. Ela se esquivou e eu

relutei. Ela se negou e eu insisti. Sabia que com a minha essência, aos poucos ela permitiria que eu entrasse em sua vida, mais do que eu já estava.

Sua infância foi marcada por amor, união e peraltices, nutridos pelos elementos, de força, alegria e a comunicação e ela não imaginava que toda sua essência fazia parte da minha magia. O palco das suas melhores vivências, que ficou riscado pelas melhores brincadeiras, era localizado na rua Darcy Vargas, Gramacho, em Duque de Caxias, na Baixada Fluminense. A tão famosa rua da feira. A macumba da Dona Francisca que ficava ao lado do terreno, as brincadeiras no galinheiro do Zezinho, os escorregas no morro atrás da casa de sua tia, o ônibus feito de tijolos onde o dinheiro era feito de folha de manga, as corridas para buscar doces de cosme e Damião e as brincadeiras de pique-pega juntamente com seus primos e amigos tinham sabor de união.

Soltar pipas era a brincadeira favorita de Odara. A maioria das pipas eram feitas pela sua mãe. Na falta da linha de pipa, ela usava as linhas que serviam para costurar roupas. Era lindo ver aquela mulher afroindigena rodeada pelos seus seis filhos, fazendo pipas e jalequinhos com folha de caderno e piaçava das vassouras. E não satisfeita ela ainda ensinava a empinar:

Vai crianças, dão linha! Não pode cortar a pipa dos seus irmãos! Quem cortar a pipa do outro vai ficar de castigo! Dizia a mãe de Odara, toda feliz ao ver os seus filhos sendo conduzidos por tanto amor e união.

Quando chovia, ela era mestre em elaborar brincadeiras dentro de casa. Imagine ter que fazer seus filhos, todos com idades bem próximas, ficarem dentro de casa. As brincadeiras de bolas de gude no tapete eram as favoritas. Mas também tinha o pião no chão de tacos, as casinhas feitas com lençóis, a brincadeira de pegar pedrinhas e as bonecas que ela fazia com fios de fitas cassete e pedaços de borrachas. Os braços das bonecas eram feitos com pregadores de roupas e o desenho facial era feito de esmalte para pintar unhas.

Aqui nessa casa ninguém é dono de nada. Os brinquedos são de todos e se brigarem eu jogo fora.

A mãe de Odara sempre foi muito rígida. E quando tinha que bater nos filhos, batia em todos, mesmo nos que estavam quietos e não tinham feito nada.

A essência de Odara sempre foi alegre, peculiar. Ela tinha fama de ser muito comunicativa e na adolescência, permaneceu com a mesma essência alegre, amiga e acolhedora. Os amigos da escola Ruy Barbosa, localizada no mesmo bairro, até hoje fazem parte da vida de Odara. Eu sempre tive orgulho e admirava a forma como ela conduzia a sua existência.

Já na fase adulta e praticante do culto de Candomblé, Odara era arredia e relutava em aceitar sua herança ancestral. Porém, ainda assim, mesmo com os insultos e as exclusões, me mantive ainda mais presente na vida dela e fazia com que ela me sentisse através do amor. Com o passar dos anos ela se sentia pertencente a minha energia, aliás, as minhas múltiplas energias. Era incrível vê-la defender a nossa existência: ela por ser minha filha e eu por acharem que fosse o Orixá do mal, zombeteiro e sem luz.

Ser Orixá Èṣù, requer entender que a desconstrução sobre a minha existência varia de pessoa para pessoa. Mal sabem eles que eu sou um guardião, amigo, que emano amor e calmaria. Sou o que arruma o caminho para que todos possam passar. Ou seja, o meu nome significa esfera, pois posso atuar em todos os campos, principalmente nas encruzilhadas da vida.

Nesse meio tempo, ela também já entendia e sentia a essência de Oyà em sua vida. Eu e Oyà a cercamos de afeto e cura. De força e resistência. De amor e fé. Fomos aos poucos revolucionando a sua existência. Para cada Rum, ela se nutria com felicidade e liberdade. Para cada dança e canto, eu fazia valer a morada para ocupar aquele corpo nutrido de fé. Para cada dança, cada bailar, ela sentia a ascensão da sua existência. Era incrível vê-la se comunicando afetuosamente comigo:

– Sabe Èṣù. Me sinto a cada dia plena e diferente. A sua energia renova, fortalece e nutre a minha existência. Às vezes me questiono como isso acontece e em seguida, deixo fluir. Pensou Odara ao se referir a mim. Que logo em seguida fez o seguinte poema:

SOU ÈṢÙ

Sou a sua fonte de inspiração
O fogo que acalma o teu ser
O amansar da sua alma
O seu ponto de equilíbrio
O princípio do dinamismo
E da comunicação
A encruzilhada dos caminhos perdidos dentro de você
Permito os teus recomeços, com ou sem tropeços.

De Èṣù para Odara

Sou o rei da encruza que te resplandece.
O preto e o vermelho também me vestem
Sou o amor que te enaltece
Entre gargalhadas, farofas e marafos
Num piscar de olhos eu te laço.
Eu rio e assobio
Sumo e apareço
Laroyè é a minha oração
Sou luz e escuridão
Não moro no inferno e nem moro no céu.
Me olhe sem fel.
Sou a conexão entre o Ọrun e o Ayê
Posso ser homem, menino ou mulher.
Sou daqui, dali e de lá
Sou de qualquer lugar
Sou Èṣù

Com o passar dos anos a nossa conexão se tornou mais alegre. Ela já havia transformado a forma de olhar para mim e traçava com luta a desconstrução sobre a nossa existência. Nos seus momentos de aflição e desespero, ela conversa comigo como se estivesse me vendo em sua frente. Ela sente medo e eu a amparo. Ela sente aflição e eu trago para perto de si os amigos de verdade. Ela se sente perdida e eu me transformo em bússola, a levo para os melhores caminhos e para os melhores colos afetuosos. E foi incrível conversar com ela sobre isso:

– Èṣù e Oyà, obrigada por estarem sempre comigo, me amparando, me iluminando e fazendo com o que todas as respostas para a minha aflição sejam respondidas.

— Não precisa agradecer, minha filha. Estarei sempre ao seu lado, cuidando de você. Faz parte da minha missão, amparar, cuidar e amar você. Falou Èṣù.

E logo em seguida Oyà completou.

— Não é difícil cuidar de você, minha filha. Você é uma filha sensível, amiga e que não mede esforços para cuidar dos seus. A sua fé emana amor por onde você passa.

É incrível tê-la como minha filha, Odara. Ressignificando nossa existência através do amor coletivo. É incrível vê-la brilhar, voar, ser potência e que não sente medo de desnudar a sua alma, pois sabe que ao fazer, eu serei o seu amparo e assim, a alegria contagiante com sabor de bem viver será vista.

Laroyè por ti, filha.

Laroyè por nós.

SEGUNDA

Por Marcio Sales Saraiva

Pela janela observava aquelas pessoas amontoadas ao redor da imensa luz das velas que ardiam no quintal, próximo ao tanque de lavar roupas. Algumas eu conhecia, como vô Benedito e tio Reinaldo, mas fazia tempo que não os via desde aquele dia triste em Inhaúma. A maioria estava de olhos fechados, como que rezando. Alguns sorriam, olhos vivos, contentes com alguma coisa.

Na cozinha, no Morro do Sampaio, vovó Maria preparava um café fresco enquanto o sol morria sob o som da Ave Maria que tocava no rádio de madeira.

– Você vai querer um café?

– Quero não, vó.

Foi quando o vô entrou com o tio na cozinha. Vovó já os aguardava e encheu o copo. Os três beberam. Eu saí da janela para vê-los conversando baixinho. Depois voltaram para aquela luz de não sei quantas velas acesas.

Minha mãe, toda de branco, estava chegando do trabalho e atravessou a pequena multidão, entrando pela cozinha que cheirava a café.

– Como foi o dia na enfermaria? Parece abatida.
– Difícil, mas cheguei, mamãe. Sua benção.
– Deus te abençoe. Tire esta roupa suja da rua, tome um banho e acenda sua vela que hoje é segunda.

Passou por mim, deu-me um beijo e foi para o quarto e depois para o banheiro. Não demorou muito e mamãe também acendeu sete velas e rezava, rezava, rezava. Vovó Maria, sentada, da cozinha observava. Eu ali, naquela janela da sala, sozinho, tudo olhava. A luz forte, a lua no céu opaca e os mortos numa comunhão que não entendia. Apenas sabia que vovó e mamãe nunca os esquecera e minha saudade cresceu, porque eu também nunca deslembrei deles, de vovó e mamãe, de vô Benedito e tio Reinaldo, de todas as coisas passadas e ainda tão vivas na minha memória, no fundo do meu engenho.

JORNADA SUBURBANA: A VIDA ATRAVÉS DO OLHAR DE UMA MENINA PRETA

Por Paula Ferraz

Nascida no Hospital Carlos Chagas, em Marechal Hermes no ano 1971, morava com meus pais na estrada da maravilha em Bangu, perto da Pedreira e da fábrica de tecidos de Bangu. Fazia parte da nossa rotina ouvir a detonação da dinamite toda a tarde para extração de pedras, em consonância, a sirene da fábrica tocava e pelo som a gente sabia se era o horário da entrada, do almoço ou da saída. Sentada na varanda, brincando de banho tomado e penteado com tranças e fitas eu observava e acenava para os vizinhos conhecidos, trabalhadores da fábrica ou da Pedreira, que passavam na rua a pé ou de bicicleta retornando de mais um dia de trabalho. Eu só tinha três ou quatro anos, mas me lembro, minha mãe disse que sou esquisita, mas o que eu posso fazer? Eu lembro!

Em 1976, com quase cinco anos de idade um grupo comprou os terrenos da Estrada da Maravilha para construir um empreendimento imobiliário o Parque Leopoldina a rua passou a se chamar Rua da Usina. Com o dinheiro da venda pai comprou um terreno em Santíssimo e construir uma casa que foi feita de lado, à direita do terreno, com uma varanda e ganchos para rede. Neste período já éramos três filhos, duas meninas e um menino e tínhamos um quintal para brincar, que não era grande, mas para nós era o mundo.

Na Vila Mariana, como era chamado o loteamento em Santíssimo, também foram morar meus tios, a irmã Caçula de mãe seu marido e dois filhos homens, ambos na mesma faixa etária minha e de minha irmã. Juntos brincávamos na rua no final da tarde, a rua era íngreme e lá em cima tinha um terreno, usado como pasto onde adorávamos observar cabras cabritos bois vacas. De lá também descíamos de tonka, um triciclo laranja grande, que cabia dois de nós. Era uma farra! O brinquedo foi presente de algum amigo do meu pai do quartel, pai era do exército soldado engajado porque não tinha estudo, e que por questão de sobrevivência, aprendeu a arte dos instrumentos de sopro, sendo responsável pela Alvorada, pelas formaturas, datas comemorativas e nós observávamos tudo, aprendíamos um pouco, mas queríamos mesmo era brincar. E brincávamos, brincávamos muito!

Eu não sei o que se passa na cabeça dos adultos, oh gente esquisita! Pai comprou o terreno fez casa, mãe conseguiu finalmente me matricular na escola municipal Daltro de Oliveira A coitada teve que dormir na fila. Daí o pai dizer que ia vender nossa casa e construir outra casa em Padre Miguel, no 77, no terreno de vó. Oxe!

A comunidade ganhou o "apelido", por causa da linha de ônibus, a época da viação Bangu e que até hoje faz o percurso entre Padre Miguel e Madureira.

E lá fomos nós, ser criança é bom demais, mal chegamos já fizemos amizade, só do ladinho de casa morava uma família com seis crianças só a gente já enchia a rua. Mãe fazia balanço com corda de sisal para todas as crianças brincarem no pé de flamboyant que ficava na beiradinha do campo, a gente também ouvia histórias, jogava bolinha de gude, soltava pipa, inventava moda. Era uma correria, um burburinho de criança. Era a vida acontecendo.

No 77 a gente aprontou no melhor dos sentidos, a gente caçava grilo no campo, subia morro, pegava manga do pé, a mandioca o Mário trazia fresquinha lá do alto do morro e pai plantava quiabo e maxixe, e a nossa tarefa era colher. Quando chovia tomávamos banho de chuva, a água descia do morro, numa enxurrada e a rua que não era asfaltada formava uma fenda bem no meio e parecia um rio. A correnteza era forte, mas não tinha perigo de arrastar ninguém e a gente se banhava naquela água barrenta como se fosse uma cachoeira, olhávamos para o morro acompanhando o percurso da água até chegar a nossa rua. E a gente brincava... Pés descalços, roupa molhada, risadas, correria, pique-pega, mais risadas e a inocência que nunca deveríamos perder.

É claro que, tratando-se de subúrbio, contávamos com diversas situações no mínimo inusitadas, algumas curiosidades que posso chamar de pitorescas que até hoje nem sei...

Paula Ferraz

Tinha o João da Serra e ele era meio esquisito: um homem branco, meio corcunda, com uma roupa esfarrapada, um andar lento, um chapéu preto na cabeça. Morava numa casinha de pau a pique no alto do morro, mas bem no alto mesmo e diziam que ele virava lobisomem, é lógico que em noite de lua cheia, se João da Serra estivesse ali por baixo nos botecos, a garotada tratava de ir para casa assim que anoitecia. Lembro também do chupa-cabra, que passava na TV (assistíamos na casa de madrinha, lá em casa ficamos longos anos sem ter esta tecnologia). Eu acho que a nossa imaginação era mais furtiva do que a veracidade de sua presença nas redondezas. Aí vinha a loira do banheiro, o homem do saco que pegava criança para fazer sabão e as histórias de terror contadas por Selma em volta da fogueira nas noites de São João, a mesma fogueira que assava milho e batata doce, que aquecia o ventinho gelado do inverno, que era cenário de risadas, gritos, correrias, diversão, comilanças.

As lembranças do meu subúrbio têm cheiro, sabor e sensações que só que viveu sabe.

QUARTO CAMINHO
DAS METAMORFOSES

"...Demonstrando claramente
Que o subúrbio é ambiente
Que completa a liberdade"
(Noel Rosa – Voltaste)

RUPTURAS

Por Sued Fernandes

1. "Liberdade é não ter medo"

Desde que li a frase de Nina Simone penso quando isso me foi possível. Medo tem movimentado meus passos.

Lembro que minha mãe dormiu na fila pra conseguir minha vaga na escola pública, me empurrava no portão, orgulhosa de meu uniforme mal costurado no primeiro dia de aula. Um homem gritava, como capitão do mato, com o grupo de pais e crianças que tentavam entrar ao mesmo tempo, pelo portão estreito. Várias crianças perdidas, pessoas gritando o número da turma.

Porque raios minha mãe achava que escola seria bom lugar pra mim?

Via minha mãe pelos quadradinhos do muro vazado. Eu fazia com as mãos um gesto de vem cá, minha mãe acenava um tchau. Angústia e medo, choro engolido. Professoras grandes, enormes e brancas, como as geladeiras dos anos 70.

Em fila, fomos pra sala de aula após cantarmos o hino nacional. Não havia mesas e cadeiras pra todos, alguns dividiam os acentos da mesma cadeira, outros precisavam procurar em outras salas de aula sobras de carteiras escolares. Eram pesadas pra mim, a professora não gostava da minha lentidão, os gritos deixavam isso bem nítido. Tive medo dela. Minha voz, atendendo ao medo, ficou presa desde então. Fui repreendida quando a tia percebeu que eu era a menina que estava diariamente na sala, porém, levando faltas. O medo me impedia e eu não conseguia dizer presente. Estar ali nunca seria um presente... e presença em corpo contava, se minha cabeça, o quanto pudesse, estava em fuga a outro espaço sideral, bem longe dali?

Nina, lá não encontrei nada parecido com liberdade, a menos que o sinal tocasse e eu corresse até minha casa, com medo do dia seguinte. Por medo do Deus que ralhava nos trovões, segundo minha mãe me explicava, ia às missas, fiz a primeira comunhão e casei. Diante da violência que vivi. De medo mantive meus filhos distantes da religiosidade ancestral, longe do Diabo, atentos as regras e a Lei de Deus que se apresentava Salvador. Tinha tanto medo que perdessem o Paraíso! Medo da violência, sem medida nas periferias do Rio, que poderiam tombar um filho por mãos da polícia ou bandidos, medo da destruição das florestas lida nas notícias dos jornais, medo e luto por tanta criança e jovem com as vidas derramadas a toa no asfalto, no sem querer das balas que nunca perderam oportunidade pra achar gente preta, vidas interrompidas antes de nascer, medo do baixo preço da nossa carne. Medo do fascista que ensina a crianças gestos de morte, medo de um futuro cilada pro meu neto. Muitas máscaras de Flandres! Ah! Nina... a liberdade é algo que desejo tanto, nossas matriarcas desejaram tanto, pra nossos guris acorrentados. É isso, prenderam nossa liberdade e abriram a porta pro medo.

A luta pela liberdade vai precisar encarar todos os medos, arrancar o que é nosso na unha, fortalecer o quilombo. Não são solitárias nossas dores, e nossa vitória será a liberdade de todos os medos e de todos do medo. É o que diz a Nina: "Liberdade é não ter medo". Sigamos aquilombados, a luta ainda está longe do fim.

2. Reza e folia

Eis que de tanto temer, a menina mais rezava...

E quanto mais rezava, mais os monstros cresciam, via-os nas saias justas, nas estátuas, decotes ousados, nas palavras africanas, nas imagens da infância, nas danças, nos rituais. Os monstros não davam trégua, impediam a menina de se pintar, de dançar e cantar com seus iguais...

Passara a temer as cores, as pinturas e os brilhos, e com certeza os monstros habitavam os batuques, os ritmos e gargalhadas que assustavam demais. Quem era ela pra deter pensamentos tão santos, impedir pensamentos tão puros e brancos, tão altos que a faziam sentir-se pequenininha?

Tanto mais eles cresciam, mais ela diminuía, apagava da memória a moringa de barro, a saia rendada, o cheiro de mato, a mandinga e a roda, as folhas da benzedeira que espantava todo mal.

O mal que agora seus olhos viam em tudo o que era seu, era feia a imagem que contemplava no espelho.

Ouviu um dia o som de um tambor que se fingia inocente, que a chamava pra rua e o seu corpo atraído, um tanto tímido a princípio flertou com a marcação. Num encanto, ou desencanto com a vida insossa e bege, contemplou as cores da Escola, lembrou da bandeira do pai, da reza da madrinha, da saia de renda da tia, se entregou aquele som, adentrou a passarela e se entregou a folia.

Sem amarras, cantando alto, sambando em azul e branco, desafinado, desafiando, rebolando impune, livre, sozinha no meio da multidão. Não havia ninguém além do arrepio, nenhum olhar, além do paterno que aprovava e consentia o reencontro amoroso. Não havia monstro algum, nenhuma pele tocava a sua, no meio do povo, nela só os arrepios de êxtase num espetáculo encantado e a liberdade dos loucos e dos apaixonados, aqueles que nunca pecam e a ninguém pedem licença.

Foi um rio que passou em sua vida e levou as traves, as trevas, as âncoras, as dores, os freios, as lágrimas e trouxe os tambores que ressoam no compasso do seu coração. Quanto orgulho da arte dos nossos pais. Obrigada povo preto e livre, valeu a luta, que continua, esse rio corre em mim.

3. Naquela quinta-feira chuvosa

Chegou do trabalho estafante, apressada. Caprichou no jantar e o serviu pra família. O esposo reclamou do sal, era hipertenso. Comeu, arrotou, assistiu TV, como em todos os dias.

Ela leu o bilhete da professora, que pedia que corrigisse os maus modos do seu menino, que xingou o colega. Onde aprendera isso? Tinha o dever de corrigi-lo, mas como fazê-lo se ele não sossegava pra ouvir? Era hiperativo.

A filha adolescente correu pro quarto chorando por uma desilusão amorosa e bateu a porta. Eram os hormônios. Por causa deles não atendeu a mãe que se sentia obrigada a consolar.

A mulher interrompe, a lavagem da louça do jantar, lágrimas se misturaram a água que descia da torneira, por que aquilo agora? Era mãe, realizada, formada, casada.

Em seu quarto olha pro espelho como há muito não olhava, foi cansaço o que viu. Onde guardara seus sonhos e onde os perdera... onde se perdera?

Ousou uma taça de vinho. Após conversar e chorar com a moça cansada do espelho, apurou os olhos... viu nela um rastro de beleza...um quê de encanto... Daí relembraram tantos sonhos... tantos casos... dançaram juntas, como sempre gostou e já tinha esquecido, se tocaram e redescobriram o prazer.

Rodopiaram, gargalharam às alturas, passaram batom vermelho e se acharam lindas! Ninguém entendeu quando ambas desceram as escadas, quebraram, rindo, um a um os pratos da pia. O marido alertou que sua pressão poderia subir.

Diante daquela cena, o menino agitado parou pra assistir. A menina enxugou as lágrimas e viu a mulher e a mãe com uma mala na mão. Naquela quinta-feira chuvosa, vestidas de si mesmas, deram adeus e partiram lavadas por um temporal, na Rua dos Prazeres.

A ARTE QUE GRITA

Por Matheus Soares

Quando se pensa em adolescentes em praças, logo se imagina que estão fazendo algo que poderia se considerar imprudente. Mas se olharmos bem de perto, muitos desses jovens ainda estão perdidos e com seus talentos completamente adormecidos, principalmente em Anchieta, pois é lá que Paulo reside, um jovem vítima do olhar crítico da sociedade. Sua sorte foi ouvir um grito diferente que soou ao lado de sua escola. Quase que instintivamente levantou, ainda perdido, procurando de onde o grito vinha, o porque lhe chamará tanta atenção. Até porque nunca sentiu isso antes. Arrumou-se e partiu a procura de onde vinha tal sensação. Ao andar pelo seu bairro viu um grupo de jovens saindo de um ensaio de canto. Eles cantavam músicas ao vento, tão afinados e de maneira tão alegre que Paulo sentiu-se convidado a cantar junto. Durante 5 passos estava em pura harmonia e era como se pertencesse aquele lugar, mas por um leve tropeço de afinação ele percebeu que o grito que procurava não era esse. Ao continuar sua busca, ouviu bem de longe o tal grito que procura. Foi em direção de onde aqueles jovem haviam saído, e quando achou que estava indo em direção certa, se deu conta de que os gritos vinham de um ensaio de uma peça. Sentiu que por mais acolhedor que aquele espaço fosse, não era o que procurava, decidiu ali sentar e admirar a forma de como os corpos falavam, e a energia passava tudo que ele precisava sentir. Olhando com mais atenção percebeu que reconhecia uma das pessoas que estavam no palco, e assim que o ensaio acabou ele decidiu falar:

– Stefany?! Eu não sabia que você tinha tanto talento em cena, nem imaginava que você fazia parte disso!

– Sim! Já te um tempo que o palco virou minha segunda casa. Mas é você, o que faz aqui?

– Ah – Ele tenta explicar de alguma forma que seja congruente – Eu estou a procura de algo. Não sei o que é exatamente, mas está me levando a lugares que nunca imaginei.

– Eu me sentia assim antes de iniciar as aulas de Teatro, talvez seja isso que procura. Risos.

– rsrs, Não sei Stefany. Gostei muito de assistir mas não sinto que seja cem por cento isso.

Após essa conversa Stefany sugeriu que ele relaxasse, chamando-o para ir em uma praça perto da casa deles. Paulo aceitou meio relutante, pois essa praça nunca foi bem falada em sua casa.

Ao fazerem uma breve caminhada até o local, escutaram um som diferente, quando chegaram perto perceberam que era um berimbau, e que se tratava de uma roda de capoeira. Paulo encantou-se com as músicas, o ritmo e a maneira com que o a luta se disfarçava de dança e jogo. Ainda animado com a energia da roda, seguiram caminho e chegaram à praça onde Paulo escutou sua amiga dizer:

– E é aqui que a magia acontece.

Paulo observou cada detalhe da praça, cada grupo de pessoas que por ali passavam, percebeu que nem tudo que ouvira dizer sobre aquele lugar era verdade. Por mais que estivesse encantado por tudo que conheceu ao dia, ainda sentia a falta do grito que o chamou inicialmente. Foi então que ele ouviu, em alto e bom som:

– A arte é nossa arma, e a poesia é o nosso grito, Slam!!! Granito!!

Paulo animou-se instantaneamente, não foram exatamente as palavras mas sim a energia que aquele ambiente transmitia.

Logo sentou-se e assistiu a apresentação. Quando se deu conta que as palavras se encaixavam, algumas até rimavam e ao final da apresentação todos da plateia aplaudiram e a apresentadora fechou a roda da batalha do Slam para abrir o microfone aberto.

Mal chegado ali, Paulo levantou meio sem jeito, arriscou pegar o microfone e fez de casa aquela praça. Para quem nunca escreveu ou recitou nunca na vida, ele improvisou de uma maneira jamais vista. Sua voz nunca esteve tão afinada e no tom do público, seu corpo atuava como se estivesse em cena no palco, as palavras saiam como dança, ou um jogo em uma roda de capoeira. Paulo sentiu tudo que procurava, apenas em uma singela experiência, e fez sentido tudo que sentiu quando o menino que outrora estava perdido se encontrou poeta.

RAMOS COMO TESTEMUNHA

por Sylvia Arcuri

1. Uma manhã em Ramos

Levantaram-se odiando o mundo, cada momento de isolamento, cada palavra maldita que borbulhava, que nem água fervente, na boca encharcada de dizeres desconexos.

Olharam-se, a vontade era de um abraço, mas como entrar no regaço do outro em tempo que mal dá para dizer bom dia? A palavra faltava e nem sobrava como comida que já não existia no prato de muitos.

Pararam, ouviram e silenciaram quando a música que vinha do apartamento do lado entrava em cada cômodo da casa como lamento, grito, não o de desespero, mas o de esperança.

Mas esperança de e em quê? Refletiram.

Alçaram os braços em direção um ao outro. Pararam um nano instante e conseguiram ver o interior machucado de cada um, a depressão e a ansiedade latentes que já queriam fazer morada. Não!

Aproximaram-se. Os corpos que, sem querer, mas com vontade, começaram a dançar no ritmo que aumentava, deixando de ser lamento e virando resistência e vida.

Impregnaram-se de desejos e amores adormecidos.

Naquela hora, quando a boca ainda pede um café de padaria com pão na chapa, lembraram-se das rodas de samba da quadra do Cacique de Ramos, o quintal de casa. As tamarineiras internas dançaram juntas dentro do compasso ainda descompassado de cada um.

Esqueceram-se que viviam as restrições de possibilidade de vida. Entraram na música, no mundo caciqueano, adornaram o leito e ali ficaram, tomados pela musa melódica, extasiados, agradecendo, cada segundo, por estarem vivos e juntos de corpo, coração e alma, pensaram na Santa que mora ali pertinho, que se pode ser vista da janela, "Santa Penha Padroeira do alto da pedreira" e desejaram subir cada dos seus 382 degraus, não somente por gratidão, mas para demonstrar a beleza de ter fé um no outro e no mundo que poderá não existir.

2. Os dentes perdidos de Chet Baker (Uma narrativa poética quase suja)

I

Com licença de Pedro Juan Gutiérrez e sua Trilogia suja de Havana

Ancorada na terra de ninguém com tantas coisas novas na cabeça, no coração e na vida: a recordação da ternura, duas irmãs e eu no meio, tipos duros.

Eu, claustrofóbica em busca da paz interior. Drogada e suicida, abandonando os bons costumes. Mulher de negócios amassada pela merda e por amantes fulminantes, ancorada na terra de ninguém, onde grandes seres espirituais me visitam.

Solitária, resistindo. Alguém pode me explicar? Fui convidada para fazer amor...

Um dia estava esgotada recuperando a fé diante da vida que tinha no porão. Aquela que revolve merda, filha do caos. Uma mulher perigosa, olhando um cara cafona com dois celulares pendurados na cintura e um saxofone que usa óculos ray-ban, no subúrbio também escutam e tocam jazz. Rua Uranos.

Oh a arte!

II

Não há mais o que fazer, estrelas e babacas saiam das jaulas! Meu céu corre perigo. Alegres, livres e ruidosas, as dúvidas são muitas. Algumas coisas perduram: 680, SESC de Ramos, Oklahoma, dias de ciclones, lua cheia no sótão, as portas de Deus, a serpente, o quarteirão, as tamarineiras, o bloco e eu. - Peixinho, hoje acordei cedo no meu aquário. Já estou usando os brincos, só falta definir o horário do nosso mergulho. No seu? No meu? Ou nem no seu, nem no meu? Onde? Para mergulhar com você não preciso usar escafandro e nem outro aparato. Uso, apenas, brincos.

Muito barulho ao meu redor e mesmo que agarre o touro com as unhas o bobo da corte continua na fábrica, deixando para trás o inferno, amos e escravos. Salve-se quem puder. Sempre é uma merda quando esperamos algo que o outro não pode nos dar, caio na mesma esparrela, não aprendo, mas gosto. Assim como a crônica da transa anunciada: ao lado da minha cama, aqui, na minha mesinha de cabeceira de mosaico, jazem três camisinhas cheias de porra e um boquete engolido. Uma pena, porque já é a segunda vez que ele chega depois de ontem. Rua Teixeira Franco.

Oh música!

III

Saboreio a mim mesma com "Bird" na minha cela. Dê-lhe uma punhalada! O aprendiz mórbido, muito mórbido na insuportável noite de bagunça e ratos, não me deixa em paz.

Loucos, mendigos, cracudos e o regresso do marinheiro, salvação e perdição. Só me falta o cassino da esperança e eu sendo a mais infiel. Visão sobre os escombros. Chicotes, muitos chicotes no triângulo das pitonisas e dos canibais.

Os ferros do morto e no final da capitania sempre haverá um "Filho da puta" por perto que salta pela janela. Justo aqueles passos eram tão perturbadores que o escudo feito perdeu todo o sentido e tudo mais. Não só o violeta, mas o preto e até mesmo o branco se deixaram derramar. Rua Professor Lace.

Oh Salvação!

3. Lima Barreto pendurado no varal

Quando percebeu, estava parada perto da parede sem saber o que acontecia. Suas carnes tremiam ao som de uma música interna muito confusa. Pensamentos atabalhoados a atravessavam e escorriam pelo seu corpo até alcançarem o ventre. O útero continuava enjoado com tudo o que acontecera, sangrava. Junto a ele, as tripas também sentiam um desconforto dilacerador. Cecilia olhava a tela de sua vida, em um instante recordara das sandálias havaianas que deixara secando junto ao livro no quintal da casa. Sim, ela era dessas que secava livros pendurados no varal, gostava de vê-los pegando sol, dessa vez era Lima Barreto que recebia os raios. Recolheu o par de sandálias que já estava seco e a fazia recordar a sua infância, a praia o seu bairro (hoje, piscinão) e o quintal da casa onde nascera, em Ramos, um lugar cheio de frutas e brincadeiras. Recordações, palavras povoavam sua mente e ela se sentia perdida, confusa em um quintal cheio e sem respostas. Agora, já na velhice, pensava o que fazer da vida e com a vida que ainda lhe restava. Somente recordar? Recordar o céu em comunhão com ela mesma quando se entregava a seu amor eterno? Ou seu rubor de não saber o que fazer com sua vida diante da iminência da morte? Qual o quê.

Mas tudo, até mesmo a morte tinha o sabor e a forma das páginas que secavam ao sol e dos chinelos que a levará para tantos quintais de seu bairro e a tantas praias esquecidas.

As recordações indisciplinadas saltavam do seu cérebro e entraram na tela diante dos seus olhos. Era uma manhã normal, ela ficara em casa arrumando os armários, as gavetas e percebia que quando fazia tal arrumação, apareciam objetos antigos que a faziam lembrar de acontecimentos mal resolvidos e outros que traziam muita alegria. Uma carta de um amigo eterno, sempre presente, um bilhete ressentido do marido depois de uma briga, a briga que travou com a filha através de cartas, o anel presenteado, pelos pais, no dia da formatura e que foi comemorada naquele quintal, as fotografias 3x4 amareladas, os umbigos secos dos seus filhos... olhando para eles, podia sentir cada parto sem dor.

Depois do almoço, resolveu olhar a tela pelo lado de fora e foi até o quintal, se sentou embaixo do pé de manga (quantos anos deveria ter aquela árvore?). Ali estava ele, em pé, olhando para o horizonte avermelhado, para o nada. Ela passou por ele e ele ficou agarrado no seu sorriso e começaram a conversar. Falaram sobre o sol, a cor distinta de cada folha, de cada flor, da terra, esses assuntos banais quando um não (re)conhece o outro, até que chegou o momento dele ir embora. Marcaram outro encontro para o dia seguinte e no mesmo horário.

Na hora exata, ali estavam. Um ar misturado de surpresa, desejos e mistérios os envolvia, ficaram, por um instante, se olhando, tentando descobrir os desejos escondidos nas almas e quantas seriam as surpresas que despertariam ainda mais a curiosidade. Aconteceu um encontro suave de corpos. Mãos seguravam as outras mãos, as pontas dos dedos subiam pelos braços até alcançarem os ombros, o pescoço. Era um movimento sincronizado, um balé de mãos precisas, curiosas e devastadoras. O beijo terno e discreto aconteceu e, agora, com a curiosidade estampada nos seus lábios, buscavam saber sobre a vida, sobre os desejos, de onde se conheciam. Um beijo tão intenso que nem perceberam a vida que acontecia naquele quintal. Ramos era testemunha de tudo, sempre testemunhou quase tudo na vida de Cecilia. Conversaram um pouco mais, encantados com aquela situação inusitada, resolveram que, a partir daquele dia, se encontrariam sempre que fosse possível e em companhia de algum livro pendurado e que os dois calçassem sandálias havaianas. Se encontraram muitas vezes, com o mesmo clima anterior e com a mesma intensidade. Ela descobriu que poderia ser sua amante eterna, mesmo sem saber o nome dele, o que era um misero detalhe.

Uma fruta caiu aos pés de Cecilia e a despertou. Os chinelos silenciosos dormiam no seu colo. Quando percebeu, estava parada perto da parede sem saber o que acontecera, mas sabia que tinha um bairro como testemunha.

O DIA DE JANAÍNA E SEBASTIÃO

por Pedro Machado

I – Partida

Quando se acorda num dengo tão gostoso assim, ninguém imagina que terá um dia tão duro como aquele. Assim, Janaína, ainda na cama de lençóis desarrumados, acariciava o seu preto entre seus braços, e repousava a cabeça de Sebastião sobre os seus seios. Ele subiu a cabeça e beijou sua preta. Ela adorava roçar na sua barba daquele jeito, adorava a textura daquela pele retinta e os olhos escuros que de uma flechada só a acertavam. Jamais sairiam daquele verdadeiro templo de afeto, se pudessem. Mas lá fora há um mundo, as contas precisam ser pagas. Se bem que ela, como coordenadora escolar, vivia seu trabalho mais do que trabalhava, era tão intensa na inteligência e na ação como no amor. E era o dia do seu tão esperado projeto de cultura afro-brasileira na escola!

Janaína a muito custo se separou de Sebastião, e se levantou. Tomou um banho demorado nas águas doces que escorriam pelo seu corpo e lembrou-se das águas salgadas das praias, que também amava e a que gostava de retornar sempre que podia nos finais de semana. Fazia tempo que não tinha tempo. Vestiu seu mais bonito vestido de estampa afro, onde o dourado, o amarelo, o azul claro e o branco dançavam. Assim como habitavam seu esplendoroso turbante. Assim vestida e ornada, diante do espelho ela se maquiou com arte cuidadosa e sagrada. Depois ajeitou os esplendorosos girassóis que decoravam seu ambiente diário. Sebastião a observava admirado enquanto lhe servia o café da manhã, assim como admirado a serviu durante toda a noite. Ele amava o brilho sedutor dos olhos de Janaína, portadores de um brilho oculto mais luzente que ouro. Ele, pedreiro, sem grande educação formal, admirava quando ela lhe falava dos seus conhecimentos, se sentia quase um aluno a aprender sobre o mundo e a vida. Nos braços dela se sentia um menino, curioso e travesso. Ela, porém, admirava a inteligência prática dele, acima de qualquer saber teórico, e o modo como ele a tratava, como uma verdadeira rainha. Nas suas pouco mais de quatro décadas de existência, eles já passaram por muita coisa na vida para saberem o valor e a extrema raridade do afeto que acontece na prática, dado e recebido sem neuras. No amor e na educação, a prática vale mais do que qualquer teoria. Mas logo teriam que se separar. Ele, já com seu jeans e o tênis surrado, vestia sua antiga camisa verde, e já estava arrumado para ir trabalhar. Em breve se tornaria de novo mais uma das cabeças anônimas que formam a imensa multidão que deixa os trens na Central do Brasil. Então se encaminharia para a obra, onde era apenas o Tião. Já ela, iria para a escola, onde era a Tia Jana.

Assim, partindo dos braços um do outro, partiram cada um pelo seu caminho no mundo. Fora de toda divina redoma de carinho e afeto, há esse mundo, lugar de perpétuo perigo, vale de lágrimas e cemitério dos justos. Que ao menos a lembrança do amor console a nossa jornada por aqui e também a de Janaína e Sebastião, neste dia duro, inflexível.

II – Menina

Tia Jana chegou.

– O dia de trabalho nem começou e já valeu a pena! – como sempre, o Zé da portaria, amigo de longa data de Jana, jogou seu galanteio.

– Tu não desiste né, preto charmoso – disse ela sorrindo – já resolveu aquela treta com tua ex?

– Nem com a ex, nem com a atual, nem com as futuras. É tanta preta linda nesse mundo, que a gente fica desorientado.

– Te orienta! Vai acabar é ficando sem nenhuma... toma aqui, leva esse livro de presente pra tua filha, fala que a Janaína deu de aniversário.

– Ela vai adorar esses negócios de poesia de mulher preta, ultimamente só anda vendo na internet sobre isso, tem um negócio lá de escrevivêncio, sei lá, uma coisa assim. Ela até me mostrou umas coisas, tu sabe que ainda tenho uma dificuldade pra ler, mas o que li, gostei, parece que fala da gente mesmo. Depois queria que vocês conversasse, vai fazer bem pra ela conhecer gente que nem você, estudada, que sabe as coisas. Quero que minha princesa seja assim igual a você um dia.

– Passa meu telefone para ela, vai ser um prazer conhecer melhor a Janice... e a tua sobrinha, trouxe?

– Trouxe, sabe como é, tive que trazer comigo para o trabalho, porque não confio em deixar lá com aquele pessoal, pai se foi e a mãe passa o dia todo procurando droga. Pelo menos aqui ela está mais segura. E ela adorou aquele dia que ficou contigo, se importa?

– É claro que não, também adorei aquela princesinha! Ela hoje vai ser minha ajudante.

Tudo anunciava um dia feliz. A escola toda estava decorada com motivos afros, os alunos entusiasmados, como sempre ficavam em dias de projetos culturais, quando saíam da rotina de dentro da sala de aula como quem sai do cárcere. Mas, como sempre, seja nos dias lindos como aquele ou nos dias presos em frente ao quadro, Tia Jana inspirava nos alunos um misto raro de carinho e respeito. As conversas mais duras do dia anterior sobre o comportamento e as brigas que arrumava, não diminuiram em nada a força do abraço que lhe deu a Raquel, nem a sinceridade do sorriso do Kevin ao beijar na bochecha a mesma Tia Jana que vivia lhe falando para parar de ficar tacando bolinha de papel durante as aulas. E tanto Raquel, quanto Kevin, Débora, Kauã, Virória, Kaique, Jojo, Ketellin, Jamille, entre outras dezenas daqueles adolescentes que rodeavam e trocavam afeto todos os dias com Tia Jana, todos eles lembravam dela, e ainda se lembrariam por muitos anos, os ouvindo pacientemente ao invés de condená-los como alunos que não tem jeito, ou escutando as dores que cada um trazia de casa e da rua. Ela sabia ler a dor que a violência dos dias acumulava nos seus olhos, enquanto os analfabetos de alma os condenavam como gente perdida.

Cumprimentou o professor Renato, de Filosofia, o professor Pedro, de Literatura, a sua esposa, Luciana, de Biologia e o professor Fábio, de História. Saudou Tia Liz, que via os últimos detalhes do cenário da peça que ensaiara com os alunos, e os sorrisos largos das duas se espelharam. Todos já estavam rodeados de alunos em expectativa, os outros professores ainda estavam a caminho. A diretora ia se atrasar por conta do engarrafamento gigantesco na Avenida Brasil e pediu que Jana já fosse adiantando as coisas. Cumprimentou os músicos da roda de samba que se formaria, o pessoal do Jongo, o pessoal do Rap, o pessoal do Funk, a galera do street dance, as meninas que já ensaiavam o hip-hop, as outras da poesia slam e o pessoal do movimento social. E todos, ao cumprimentar Tia Jana, tinham nos olhos o mesmo brilho que ela tinha nos seus ao ver a beleza da humanidade de cada um daqueles adolescentes.

Quando Tia Jana chegou na porta da sua pequena sala, lá estava a pequena Janaína, sobrinha de seu Zé. Além da coincidência dos nomes, achava a menina de dez anos muito parecida com ela na mesma idade. A perda do pai, que nunca vira, e a tentativa de abuso que a garota sofrera por parte de um vizinho, eram fatos que faziam com que

Tia Jana visse Janaína menina como uma visão dela mesma há três décadas.

Ela entrou na sala com a menina para pegar uns documentos que iria levar para a diretora e depois iriam juntas dar abertura ao evento. Logo depois se abriria a roda de Jongo. Foi quando ouviu pipocarem os tiros.

– Calma, minha princesinha, isso é longe daqui.

Mas os barulhos começaram a ficar perto, mais perto. Foi quando ouviu gritos vindos do pátio. Alguém de fora tinha pulado o muro da escola. Quase simultaneamente ouviu barulho de arrombamento dos portões.

– Fica aqui, minha pequena! Fica aqui!

Quando Tia Jana pôs a mão na maçaneta para ir ver o que estava havendo, um tiro de fuzil atingiu a parte de cima da porta, deixando um buraco enorme. Abaixou-se em desespero, e pegou na mão de Janaína menina, enquanto se iniciava um maquinal e insuportável barulho contínuo de tiros tão alto que pareciam ser disparados ali mesmo.

Janaína mulher abraçou Janaína menina. A menina chorava de medo, a mulher engolia o choro, para demonstrar confiança à menina. Tia Jana falava que tudo ia ficar bem, que não precisava ter medo, que aquilo ia passar. Mas, infelizmente, não havia quem também dissesse isso à Tia Jana, e seus olhos, no início do dia tão brilhantes, se fizeram sombra e angústia. Abraçava forte a menina, não mais só para consolar e acalmar a pequena Janaína, mas também para se agarrar a uma última esperança.

Ao som dos tiros, com sua menina nos braços, olhava um quadro que deixara na sua sala, como recordação do professor Marcos, pintor e professor de artes da escola até o ano passado, quando morrera de covid. Aquele preto lindo sempre a amou perdidamente, tiveram até um romance em tempos passados, que acabou não tendo futuro. Apesar disso, ela sempre guardou a sua memória naquele quadro em que o talentoso artista pintara São Jorge protetor e nos poemas em que ela contava disfarçadamente dos seus antigos amores. Ali, ao som ensurdecedor dos tiros, agachada com sua menina, como em devoção, com os olhos erguidos à arte de quem partiu a amando, rogava proteção, sem palavra alguma dita ou pensada. Foi quando o som maquinal das armas de fogo cessou.

Por precaução, ainda esperou alguns minutos ali, naquela posição, para sair. Saiu quando ouviu os gritos e choros ecoando sozinhos no ar. Quando saíram, se depararam com um pátio pintado de sangue. Em meio aos policiais fortemente armados, se espalhava pelo pátio o sangue ainda quente de cinco corpos, ao lado das armas que portavam. O sangue respingava nos cartazes, alguns rasgados, nos poemas grafitados, nos livros submersos quase pela metade em algumas poças vermelhas. Assim como nas faixas caídas ao chão. Muito sangue também era dos feridos. Tia Jana falhou em seu consolo, pois Janaína menina gritou e voltou a chorar quando viu seu tio entre eles. Acertaram um tiro na perna direita do seu Zé. Tia Jana ajudava no resgate dos feridos. Além de seu Zé, acertaram bem no ombro do professor Pedro, que recebia os primeiros socorros da sua esposa, também enfermeira. Almas e corpos feridos se espalhavam pelo pátio. Aos poucos, eram levados ao hospital. O pessoal dos movimentos discutia com os policiais. Equipes de TV já chegavam para noticiar o confronto no interior da escola. Os pais corriam pelos portões para verem seus filhos, que saíam desesperados. Boa parte dos alunos, porém, nunca tiveram pais que os consolassem. Era um pesadelo. Os músicos, enlutados, guardavam seus instrumentos silenciados, e um a um veio dar um abraço em Tia Jana, que tentava ajudar quem podia, com o rosto visivelmente desolado. Sentou-se, cansada, em uma das salas de aula. Da janela quebrada ainda vinha uma luz, como que forjada de ferro. Mas não havia luz alguma que pudesse iluminar o lugar naquele dia.

Ela foi falar com os pais e tranquilizá-los, ela mesma inquieta, do lado de fora da escola. Foi quando pôde ver as marcas de tiro e de mais sangue em cada uma das faces grafitadas nos muros da escola, de Paulo Freire, Milton Santos, Solano Trindade, Leila Gonzalez, Conceição Evaristo e Carolina Maria de Jesus. Retornou para dentro, consolou mais alguns professores. Descobriu que alguns tiros acertaram a biblioteca. Um único tiro de fuzil atravessou várias edições dos Cadernos Negros e outro uma linda coleção de literatura infantil. Voltando ao pátio ensanguentado, viu no meio dele sua menina, com olhos perdidos. A abraçou uma última vez. Quando a soltou, a menina olhou assustada os olhos abatidos de Tia Jana. Dessa vez, a menina, retribuindo o abraço, a consolou.

Em minutos, conseguiram transformar o que ela tinha planejado e sonhado por meses em um cemitério vandalizado. Tia Jana nada pôde fazer. Não pôde salvar a sua menina da dor, das lágrimas e do horror, não pôde tirar o Zé do percurso das balas, não pôde salvar o dia dos alunos e dos seus professores, desolados. A dor que lia dia a dia nos olhos dos seus alunos, estava rabiscada violentamente em seus olhos. Já não conseguia agir, tamanha a dor. Diante da menina, sentou no chão, quase mecanicamente, como se enlouquecesse. Por pouco não suja seu vestido de sangue. Tia Liz, que acalmava alguns pais e xingava alguns policiais, alternadamente, a viu nesse momento, e desesperadamente a ergueu. Disse que era melhor ela ir para casa, que ela e os outros professores cuidariam da menina e do que surgisse. Tia Jana jurou que nunca mais abandonaria a menina e que no dia seguinte a veria.

– Tchau, Tia Jana... – disse a menina, e deu um beijo no rosto dela.

Olhando mais uma vez uma das enormes poças de sangue do pátio, ao menos aliviada que nenhum dos alunos se feriu gravemente, Tia Jana saiu da escola, sem lágrimas, sem falar com ninguém, nem mesmo consigo mesma. Lá fora, a diretora, recém-chegada e perplexa, falava com alguns repórteres. Tia Jana passou sem querer chamar atenção. Algumas vozes a chamaram, mas ela nada ouvia para nada sentir. Precisava nada sentir para não desabar ali mesmo.

E parecia que seria um dia feliz.

III – Trem Negreiro

Enquanto Janaína partia desolada, Sebastião terminava o embolso com os ajudantes. Passou água de leve para tirar a massa da pele, falou que os ajudantes podiam ir. Olhou com orgulho o embolso perfeito, guardou em silêncio, mais uma vez, a sua raiva crescente da arrogância do dono da obra, e saiu.

Solitário saiu do trabalho. Solitário andou cansado pela avenida movimentada. Solitário chegou à Central do Brasil, repleta, e solitário se espremeu de pé no vagão do trem com outros duzentos solitários.

Debaixo da pele negra, como a da maioria espremida, a carne cansada e os ossos doloridos eram anestesiados pelos pensamentos em Janaína. Mas a saga era a mesma de sempre: descansar para poder dormir e dormir para estar descansado para voltar cedo amanhã, em ciclo sem fim, que nunca se quebra. Porque ele nasceu e já era assim, para seu pai foi assim, para seu avô foi assim... na incontável cadeia de gerações com seus mil tormentos nesta terra. Ah, por mais quanto tempo, por mais quantos séculos terá de esperar o descanso e a volta ao lar?

Depois de tanto tempo em pé, espremido, Sebastião finalmente desceu na estação de Caxias, já tão cansado, que era vã a anestesia dos pensamentos. Num impulso quase inconsciente, as pernas ganharam vida própria, apressadas por chegar em casa e descansar as costas endurecidas, relaxar os braços e as mãos ásperas. Apressadas por reduzirem todo esse tempo, todos esses séculos, em que se espera o descanso e a volta ao lar.

IV – Regresso

No chuveiro, Sebastião sentia as águas doces que rolavam sobre o seu corpo como um bálsamo, relaxando seus músculos tensos e sua pele enrijecida. Passava o sabonete na sua pele, como se tirasse de si o odor do mundo. Muito deve ter ido embora com a espuma que escorria pelas suas pernas, porque seu corpo saíra do banho relaxado, refletindo luzes em sua pele retinta.

Quando se sentou no sofá para ver o jornal, Janaína chegou com olhos anuviados. Ele olhou nos olhos dela, e viu devastação. Ela nada falou, porque naquele exato momento, enquanto ele a abraçava, passou a reportagem sobre a super bem-sucedida operação policial que prendeu um traficante, encontrou 2 fuzis, algumas drogas e matou 15 suspeitos: cinco deles invadiram o pátio da escola onde Janaína trabalhava e foram mortos em confronto. Houve alguns feridos. Sebastião compreendeu tudo. Beijou o rosto de Janaína, que esboçou um sorriso ainda triste e fez sinal de que ia tomar um banho. Sebastião foi esquentar a comida para o jantar.

Debaixo do chuveiro, ela ainda não chorou, deixou as águas doces rolarem sobre o seu corpo, purificando-o do cheiro de morte e dos gritos dos desesperados. Quando acabou o jantar silencioso com o seu companheiro, foi então que chorou, muito, nos braços de Sebastião, que a tendo no colo como uma menina, ouviu cada lamento, cada dor. Os girassóis que iluminavam o quarto viram quando, depois de longo tempo, ele a trouxe no colo e descansou o corpo dela sobre a cama. Ela, com os olhos aos poucos se acendendo, pegou na mão áspera dele:

– Teu dia também foi cansativo, né, amor?

Ele, com a voz endurecida pelos dias, disse do cansaço, da arrogância do dono da obra, do quanto o filho do dono, que fazia engenharia, se metia na obra, dava opinião do que não conhecia na prática e jogava na cara dele e dos ajudantes a falta de um diploma. Embora nunca tenha dito a palavra, cada palavra sua emanava a solidão e o quanto aquele esforço todo não valia a pena pelo que ganhava. Ela o acariciava ternamente enquanto falava, encantada do mundo terno e frágil que encontrava por trás da casca grossa daquele homem. Num instante, ela roçou na sua barba, ele a beijou profundamente, e ela, num carinho como de encanto, repousou a cabeça de Sebastião sobre os seus seios, observando os lençóis que, em breve, seriam desarrumados. Ninguém imaginaria o dia duro que tiveram, se os visse naquele dengo tão gostoso.

MARINA

por Angelica Alves

Marina era uma mulher incomum. Mas passava despercebida na fila do supermercado, no ponto do BRT ou na procissão infinda de corpos que vão e vem espremidos entre o trem e a plataforma. Não ostentava títulos acadêmicos, honrarias ou histórias anunciadas de superação e sucesso. Pele retinta e traços bem-marcados, exibia sua negrura nas tramas do cabelo crespo que anunciava a pouca miscigenação de seus ancestrais. Nascida pelas bandas de Quintino e criada pela tia Madalena, a Mãe Madalena de Oxum, como era conhecida na região, Marina oscilava entre a sensibilidade para perceber as coisas e a dificuldade de se encaixar no mundo.

Extremamente inteligente e sagaz, na escola era conhecida apenas como a garota explosiva e indisciplinada. Diziam que era promissora, mas não cabia entre os muros da escola, de acordo com seu histórico de transferências e expulsões.

Naquele dia estava cansada. Embarcou em Quintino, sentido Central do Brasil, pensando no banho não tomado, pois faltava água há quase duas semanas. O café naquele dia também faltou: o dinheiro andava escasso. As ruas ainda estavam tomadas pelos fragmentos de fé e devoção que todo povo depositara ali durante os dias anteriores. Os mais atentos ainda podiam ouvir os clarins dos terreiros de hora em hora, os fogos coloridos, as barraquinhas, atabaques, preces, mirongas... Era bonita a festa, pensava a moça com olhar distante. Era bonita a fé do povo que se misturava e ao mesmo tempo era tão distinto. Ogum é Ogum, Jorge é Jorge. Mas a festa era mesmo bonita de se ver, pensava ela com olhar distante, enquanto era embalada pela brutalidade da linha férrea.

Marcas e cicatrizes visíveis e invisíveis habitavam o rosto da mulher ainda menina em seus trinta e poucos anos. Precisava falar menos, como dizia sua finada avó Joana, benzedeira conhecida por suas rezas e garrafadas milagrosas. Dela, herdara o olhar firme e o dom da palavra falada. Mas, como permanecer em silêncio se seus pensamentos eram tantos e tão variados? Seguia refletindo a moça que, sem perceber já falava sozinha enquanto era observada com deboche pelos demais passageiros.

Pensava e repensava na vida, no filho pequeno, no barraco alugado, no afastamento de sua fé e de sua tia Madá, na sequência de humilhações disfarçadas de aconselhamento que sofria dos patrões e na necessidade de seguir calada para permanecer existindo. Queria entender onde e como sua vida foi parar ali, pendurada e espremida naquele trem abafado ou no vão entre a dignidade e a sobrevivência.

Por onde andaria Nena, sua irmã mais nova que só conhecia por foto? Por que sua família vivia espalhada feito água? Por que sua mãe morreu sem que ela pudesse reclamar do descaso sofrido no hospital, quando seu infarto foi tratado como "mal da idade"? Onde havia se metido o pai de seu filho, que desapareceu antes mesmo de conhecer o menino? Por que o dinheiro era sempre tão pouco e a vida tão cara?

– Cala a boca aí, ô doidona!

Despertou de seu devaneio com a grosseria vinda nem se sabe de onde e pensou em como o mundo era ríspido com ela desde que se entendera por gente. Lembrou do dia em que recebeu o último sorriso de alguém estranho. Fazia tempo. Quase dois anos. Foi de uma velha sentada no banco da estação, nas proximidades do 23 de Abril. Parecia ter um ferimento em uma das pernas. Seus pés eram estavam rachados e esbranquiçados pelo ressecamento, seus cabelos escassos parecendo algodão saiam pela touca de lã branca e já não havia dentes em sua boca maltratada pelo tempo. Algo naquela figura transmitia à Marina uma tranquilidade ancestral e em seus olhos era quase possível enxergar toda antiguidade dos mares mais profundos de que se tem notícia.

– Fia, arruma uma pipoca dessa pra veia rebolar o queixo.

Falou de costas, de forma um pouco grosseira, mas íntima, apontando para o vendedor de pipoca doce, que aparentava seus 14 anos.

Marina remexeu a bolsa e encontrou dois reais perdidos. Lembrou que o filho também gostaria da pipoca e hesitou prosseguir com a gentileza, afinal como a velha mastigaria a pipoca? Foi se distanciando cabisbaixa, quando foi sacudida por seus próprios pensamentos:

— Larga de ser egoísta, Marina! Teu menino ainda vai ter muita pipoca pra comer nessa vida! A velha tá morrendo já, se é que já não morreu faz tempo e tá só cumprindo tabela dentro do corpo, amargando essa vida de miséria.

Deu meia volta, chamou o guri da pipoca doce e entregou a nota amassada de dois reais que garantiria o pão pro café da manhã do dia seguinte.

— Valeu, tia! Vai cum Deus! Disse o garoto sem a encarar nos olhos, desaparecendo em meio aos passantes. Devia ser pouco mais velho que seu João, refletia enquanto entregava o saquinho pra velha.

A velha pegou o saco de pipoca e abriu um sorriso desdentado não sem antes dizer que às vezes a gente precisa abrir a boca pra dizer o que quer, mesmo que lhe faltem dentes para mastigar o mundo.

— Essa véia tá vendo o que a menina não vê. Você ainda é uma menina e...

— Minha vó, com todo o respeito...

—Tu ainda vai entender teu caminho nessa terra, mas só depois que tu tiver pronta pra abrir o peito e desaguar no oceano que é o mundo. Quando tudo não couber mais dentro de você, eu vou voltar e te mostrar o caminho.

Marina achou a velha um tanto confusa, como tantas outras figuras que habitavam seu cotidiano naquelas bandas, mas ficou visivelmente assombrada por ter sido chamada pelo nome. Pensou em perguntar se ela a conhecia de algum lugar, mas gostou tanto de ter recebido um sorriso, mesmo desdentado, e palavras de encorajamento que preferiu preservar aquela sensação e seguir viagem, pois já estava atrasada.

Ao virar as costas, a menina sentiu um forte cheiro de maresia e quase pode ouvir o barulho das ondas se desfazendo em branca espuma dentro de sua cabeça. Imediatamente lembrou-se de um Itan contado por sua avó sobre uma Yemanjá muito velha que mancava de uma perna. Pensava em como tantas figuras místicas que habitavam aquele subúrbio poderiam facilmente se confundir com santos, orixás, anjos ou mensageiros.

Todos esses pensamentos e lembranças se emaranhavam num interminável fio desencapado dentro da cabeça de Marina e isso fazia sua face ficar cada vez mais trancada. Aquilo tudo parecia mesmo um grande encantamento. Sua vida parecia encantada e prestes a irromper em fantasia a qualquer momento. Às vezes se achava louca, pois seus pensamentos transitavam entre a imaginação fantástica e memórias sem muita seletividade. Que lembrança mais esquisita aquela da velha da estação. Algo tão sem pé nem cabeça vir assim na memória, de assalto, exatamente dois anos depois do acontecido.

De repente, o trem para bruscamente e os devaneios de Marina são interrompidos pela voz seca do condutor, anunciando que o serviço será interrompido por instabilidade na via. A notícia já corria solta no vagão, assim como os vídeos nos grupos de telemensagem. Mais um se jogou na linha do trem. A maioria dos passageiros sequer esboçava surpresa diante daquela tragédia. Mais um corpo coberto com brancos lençóis, sem identidade e sem choro.

As portas do trem se abrem nas proximidades do Engenho de Dentro. Com a orientação descuidada dos agentes da via, os passageiros são colocados para caminhar de volta até Piedade. O dia ainda não passava das 6 da manhã e o calor ainda era insuportável naquele 24 de abril.

Machucou o joelho ao subir na plataforma, limpou a mistura de sangue e cascalho sem muita delicadeza e seguiu em frente, correndo como dava para tentar pegar alguma condução alternativa. Era a terceira vez no mês que chegaria atrasada e já imaginava o olhar da patroa quando tentasse se explicar.

Seguia tentando achar na imaginação alguma boa justificativa para seu atraso, pois a morte de mais um qualquer não seria motivo para atrasos.

Naquele dia, chegou por volta das 10 da manhã, já exausta e maltratada pelos infortúnios do trajeto. Encontrou sua patroa de roupão de banho e com os cabelos recém-lavados, sentada na banqueta da cozinha.

– Bom dia, Maria!
– Marina, Dona Branca. Desculpe o atraso, é que...
– Minha irmã, me desculpe... você sabe que eu não faço por mal. Seu nome é sua identidade, mas minha hiperatividade me faz confundir...Nós temos quase a mesma idade. Você sabe o quanto gosto de você. Somos companheiras, como eu canso de te falar. SO-RO-RI-DA-DE. A única coisa que eu sempre te pedi é que me avise com antecedência sobre suas questões, porque a vida tem suas complexidades! Hoje precisei deixar o artigo que estou produzindo de lado para fazer o café da manhã. Não que isso seja um trabalho menor, de modo algum. Mas me atrapalha, entende?
– Sim, Dona Branca. Respondia Marina perdida entre tantas palavras de difícil compreensão.

Marina

— Já disse pra parar com essa bobeira de Dona. Isso é muito colonial. Aliás, você iria adorar o artigo que estou escrevendo. É sobre autocuidado e o fortalecimento da identidade através do cabelo crespo. Me inspirei muito nas nossas vivências, que se encontram na nossa pele e na nossa ancestralidade.

— Deve de estar muito bom mesmo, Dona. Não entendo essas coisas, mas...

— Aliás, Maria, você é jovem e bonita. Precisa se cuidar mais. Você não cabe nessa cozinha e te desejo coisas grandes. Por isso prefiro que você alce novos voos e a partir de hoje não trabalharemos mais juntas.

Marina respira fundo e olha com desprezo para o rosto de sua patroa ao mesmo tempo em que é convidada a se retirar da casa, o que faz pela entrada de serviço, mesmo sob protestos de Dona Branca, que sempre fez questão de que a moça usasse o elevador social.

Apertou o T com o grito agarrado na garganta e o peito cheio de mágoa. Oito anos de sua vida amargados naquela casa de paredes brancas e distintos professores universitários, mestres e doutores em sei lá o quê. Nunca conseguiu dizer a eles que seu maior desejo era voltar a estudar. Nunca conseguiu falar sobre sua própria vida e para além da ideia que faziam dela. Melhor assim, pensou enquanto rumava em direção à escola de seu filho para buscá-lo mais cedo e planejar o que iria fazer dali em diante.

Enquanto aguardava no pátio da escola percebeu o olhar de reprovação da diretora sobre a condição de suas roupas, seus sapatos e sua ferida no joelho.

— Mãezinha, foi ótimo você aparecer aqui! Estávamos tentando ligar, mas toda hora vocês mãezinhas mudam de número... Seu filho tá muito respondão, violento e desrespeitoso... Hoje ele deu um soco no coleguinha só porque não gostou de uma brincadeira na hora do recreio. E o coleguinha, coitado. É aquele ali, tão magrinho e delicado. Olha como o rosto dele, tão branquinho, ficou roxo!

– E do que era a brincadeira, João? Perguntou a mãe, já pronta para repreender o filho e estourar sobre ele as amarguras acumuladas do dia.

– A gente tava pulando corda e aí ele e outro garoto grande me pegaram e me amarraram no poste. Começaram a dizer que eu era um escravo igual ao da pintura do livro e que eu ia ser castigado. Todo mundo riu e depois me soltaram. Eu fui na tia reclamar e ninguém fez nada...

– Não foi bem assim, Kauã! Eu mesma fui lá e dei uma bronca nele por conta da brincadeira de mau gosto.

– O nome do meu filho é João!

– Kauã, João... tanto faz! Ele foi extremamente violento e a partir de hoje seu filho não estuda mais aqui, mãezinha! Não podemos tolerar tamanho desrespeito e ingratidão.

A moça, que àquela altura estava farta de tanto, não conseguiu manter a calma e explodiu em fúria. Seu menino, não! Era onde depositava todas as suas esperanças!

Naquele momento, Marina gritou tudo o que estava entalado durante todos aqueles anos. Sentiu todo povo ancestral gritar junto. Sua voz podia ser ouvida por todo o subúrbio carioca naquele início de tarde.

As palavras foram ditas junto com aquele olhar de desprezo, já velho conhecido da moça, que foi retirada do pátio com truculência pela patrulha escolar, junto com seu menino João que a essa altura já vertia grossas lágrimas diante da situação.

Marina

Em meio à toda confusão, Marina caminhou lentamente com seu João nos braços até a estação, sem saber se era real ou apenas uma alucinação tudo o que havia acontecido. Sentou-se no banco de pedra pensando mais uma vez em como sua vida tinha ido parar ali, espremida entre o trem e a plataforma. Não percebeu a tal velha de dois anos atras se aproximando lentamente, dessa vez junto com um homem mais jovem, com olhos brilhantes como fogo e alguns cordões de metal no pescoço. Ambos tinham cheiro de maresia e areia nos pés ainda molhados, como quem acaba de sair de um longo banho de mar.

– Levanta, Marina!

Marina levantou a cabeça. Limpou com um pouco mais de delicadeza as lágrimas acinzentadas de seu rosto. Quando deu por falta de seu pequeno João, percebeu que ele já estava sentado sobre ombros do mais jovem dos dois desconhecidos, pronto para seguir sabe-se Deus para onde. Já passava das cinco da tarde e o dia já ameaçava escurecer naquelas bandas. A estação estava tomada pelo vai e vem de operários sem rosto, porém não se ouvia qualquer ruído além das vozes ecoadas naquela conversa entre a moça e aqueles estranhos conhecidos, que desapareceriam sem deixar rastro, antes mesmo que chegassem ao destino já anunciado naquele fim de tarde.

Subiram e desceram o jogo de rampas da estação rumo ao barracão da tia Madalena, que naquele dia estava recebendo a visita de um jovem desiludido com a própria existência. Era a primeira vez que pisava num terreiro, movido pela perturbadora imagem da velha que há anos ele via na estação quando passava por aquelas bandas, sempre com os pés cheios de areia e o semblante acinzentado.

Naquele dia, em que mais uma vez um sujeito atravessou sua vida sucumbindo aos trilhos, viu a velha, que mal podia andar, cobrindo de sal e areia o que restou daquele corpo. Sem saber se era devaneio ou realidade, anunciou secamente a interrupção do serviço e abandonou o trem. Decidiu vagar pelas ruas até que encontrou alento no canto daquela ladeira onde ficava a casa de Mãe Madalena.

Ele precisando de paz, aconchego e respostas. Trazia em suas mãos um enorme saco com pipocas, que havia comprado de algum menino, mais cedo, pelas ruas, nem sabia bem o porquê. Ela precisando de paz, pão, amor e coragem. Trazia nos braços João, que abriu um enorme sorriso ao perceber o saco de guloseimas e reconhecer as mãos que seguravam aquele retalho de felicidade para um menino.

– Tio Jorge! Ele conta histórias do trem pros meninos lá no campinho depois do futebol. E também não deixa ninguém implicar nem botar apelido na gente.

– Sua mãe também conta histórias, João? – Pergunta Jorge, ainda sem muito jeito.

– Ela sabe um monte, mas tá tudo na cabeça dela ainda. – Responde o menino, deixando a mãe surpresa com a pronta resposta.

– Eu não sei de nada não, colega. Esse menino inventa moda. – Diz a moça, um pouco constrangida, com a sensação de já conhecer aquele rosto, tão parecido com os outros negros rostos, não pelos traços, mas pelas marcas das lutas da vida.

– Te conheço de algum lugar!

– Eu também tô com essa impressão, moço. Mas não sei mesmo de onde.

– Prazer, meu nome é Jorge. Sou condutor de trem e, nas horas vagas, jogo bola com a molecada no morro do outro lado da linha.

Foram interrompidos pelo olhar incrédulo de Tia Madá, que agradeceu aos prantos à sua Oxum por ter novamente trazido sua menina aos seus braços. Já estava paramentada para realizar um jogo de búzios para o rapaz, mas entendeu que teria muito mais afazeres pela frente. Mesmo que já soubesse que a dor tenha sido responsável por aquele reencontro, não hesitou em iniciar uma grande movimentação para prover os alimentos para corpo e o ori de sua menina.

A conversa entre Marina e Jorge se estendeu noite adentro. Duas almas que jamais poderiam prever o que aconteceria dali em diante, mas já destinadas a mudar o mundo ou apenas as próprias vidas.

Mais tarde, quase ao raiar do novo dia e após alguns banhos e ebós, Marina, João e Jorge se despediram de Mãe Madalena e desceram juntos a curta rua que separava o terreiro da estação, sob o olhar satisfeito da velha e do mais jovem, que os observavam, invisíveis aos olhos dos mais desatentos. Ainda sem bem saber o que fazer com aquele encontro e as instruções dadas por mãe Madalena, apenas caminhavam decididos a existirem entre as frestas, vãos e encruzilhadas.

O que foi dito aos três naquela noite é impossível de ser traduzido em escrita. O que podemos saber somente é que a história futura daqueles três é ancestral.

●

AUTORES QUE ESCREVEM
DIARIAMENTE ENCRUZILHADAS
SUBURBANAS

André Costa Pereira, escritor suburbano, autor do personagem Umotorista, publicado em coletânea de seus contos no livro *Um motorista e seus passageiros fantásticos*. Escreve sobre a cidade em que nasceu, o subúrbio carioca e seus personagens comuns e carismáticos. É comunicólogo formado pela UNESA.

Angelica Alves é professora licenciada em Pedagogia pela PUC-RJ e coordenadora pedagógica na Rede Municipal do Rio de Janeiro. Mulher preta, cria da Rocinha e de Axé. Acredita na pedagogia dos afetos como base para uma educação humanizada e significativa. É autora do conto Camadas na antologia Sentindo na Pele: narrativas em afroperspectiva.

Carolina Rocha Dandara Suburbana, como também é conhecida Carolina Rocha, é mulher preta, de Xangô, forjada nas encruzilhadas. Doutora em sociologia, historiadora e escritora. Parideira da Ataré Palavra Terapia, uma comunidade de incentivo à escrita criativa, terapêutica e política com foco em literatura negra feminina."

Ceci Silva Preta, cria do subúrbio carioca, apaixonada por Nina Simone, na companhia de quem sigo por aí "ouvendo" o mundo.

Drika Castro é apaixonada por invenções que driblam desigualdades, criações de alegria. Doutora em Saúde Coletiva. Publicou *Mulheres dos Cabelos Brancos* pela EdUERJ.

Eliseu Banori, nascido na Guiné-Bissau, é professor, pesquisador e mestre em Literaturas Africanas de Língua Portuguesa (UFRJ). É autor, entre outras obras, de *A história que a minha mãe não me contou e outras histórias da Guiné-Bissau*, *Nada é para sempre* e *Djarama*.

Fabiana Silva é escritora, professora e parte do coletivo Vingando Ismênia. Mulher preta e favelada, é idealizadora do Apadrinhe um Sorriso. Participou das antologias Sentindo na Pele: narrativas em afroperspectiva e A Poética da Resistência.

Fábio Carvalho é mestre em Ensino de História (UERJ/FFP) e atua como professor da Rede Pública do Rio de Janeiro e de Duque de Caxias. É autor de *Pequenos Escritos Para um Andarahy Grande* e *Poetrix e Poemas Avulsos*.

Flavio Braga é escritor, músico e professor de História. Mantém *Um Blog de Nada* na plataforma Medium, com textos semanais. Vocalista e baixista da banda *Outros Caras*. Militante em prol da literatura, história e cultura suburbanas, faz parte dos coletivos Mutirão Cultural Rolé Literário e Engenhos de Histórias. É autor da obra *Lá de Onde Venho*.

Janaína Nascimento é escritora e professora na SME-DC. Mestranda em Relações Étnico-Raciais pelo CEFET. É membra do Rolé Literário, organiza o Sarau Vingando Ismênia e é autora da obra *Águas que passam não voltam*.

Luly Tavares é Doutora em Educação-UFF, professora (SME-RJ) e Psicanalista em (eterna) formação. Pesquisa na área da Educação, no campo dos Estudos de Gênero e Étnico-raciais.

Marcel Felipe Omena é poeta, escritor, músico, desenhista, compositor. Autor das obras: *29 Bois caíram do penhasco, Contos Do Trem, Amarelo Abutre e outros poemas, Árvores, Pássaros e Fuligem, Orgasmo*, e *Uivo de São João*.

Márcia Pereira, mulher negra, periférica, 43 anos, candomblecista, bióloga, escritora, poetisa. Nascida em de Duque de Caxias/RJ. Coautora de mais de 10 livros, entre eles: *Mães Pretas! Maternidade Solo* e *Dororidade*, E-book *Laboratório de Narrativas Femininas* (Sesc-RJ).

Marcio Sales Saraiva nasceu em 1972, no Rio de Janeiro. Casado com Catia Gomes Vera Cruz, é pai de Isabela, Gabriela, Michel e Tatiana. Sociólogo afeito ao debate teológico, filosófico e psicopolítico, é também autor de "O pastor do diabo", "Engenho de Dentro e outros contos de aprendiz" e "Santeria: jaculatórias poéticas para almas desassossegadas".

Michel Saraiva é Favelado e Professor de Capoeira. Formado em Pedagogia com especialização em Psicanálise, Cultura e Clínica e MBA em Gestão Empresarial, escreve de tudo um pouco, ama a vida e acredita nas pessoas.

Matheus Soares, conhecido por Efêmero, é um poeta romântico, produtor cultural, trancista e capoeirista de 19 anos, que mora em Guadalupe. Organizador do Slam Granito e do Slam Afro Afeto, escreve desde os 13 e atualmente é estudante de psicologia e de comunicação.

Paula Ferraz é pedagoga, professora antirracista, escritora, poeta, Contadora de histórias infanto juvenis com protagonismo negro, Promotora Legal Popular, ativista pelos direitos humanos e pela igualdade racial e de gênero, Coautora em diversas antologias.

Pedro Machado é escritor e professor (SME-RJ). Mestre em Literaturas Africanas de Língua Portuguesa pela UFRJ. Organizador de diversas antologias, também integrou as publicações Cadernos Negros de número 43 e 44. Dentre suas obras publicadas, vale destacar a obra *Introdução às Literaturas Africanas* e seu livro de contos *Desnudo*.

Philippe Valentim é cria dos subúrbios da zona norte, pai da Luiza Inaê. É professor, escritor e aprendiz de editor. Coorganizador do livro *Espaços reais: por nossas vozes e afetos*. Ministrou oficinas de escrita criativa em escolas públicas, colaborou na criação do Rolé Literário e do Viradão Cultura Suburbano.

Rosana Rodriguez é escritora, poetisa e professora antirracista. É organizadora do Sarau e publicação literária *Que toda palavra, dita ou escrita, seja amor, volumes 1, 2 e 3 (Contos de amor preto)*. Também organizou a antologia *Nossas Linhas Negras na Pandemia* e é autora da obra *Preta em versos e outros escritos*.

Sylvia Arcuri é professora, escritora e integrante do Rolé Literário, com textos publicados nas antologias da FlupRj.

Sued Fernandes é Pedagoga pela UERJ e Psicopedagoga pela PUC-RJ. Trabalha na Rede Pública de Educação Duque de Caxias. Participou das seguintes publicações de Literatura Negro-Brasileira: *Do que ainda nos Sobra da Guerra*, *Pretos em Contos* (Indicada ao Jabuti), *Que Toda Palavra Dita ou Escrita Seja Amor*, *Sentindo na Pele*, *A Poética da Resistência*, entre outras.

Tamiris Coelho é atriz, bailarina, palhaça e produtora cultural. Discente de artes cênicas na Unirio, integra os programas de extensão "Enfermaria do Riso" e "Performance de cabaré ". Foi idealizadora e produtora do evento *Burburinho em casca*.

MANIFESTO DO
MUTIRÃO CULTURAL ROLÉ LITERÁRIO

Rolé Literário. Data de nascimento: 27 de setembro de 2019, dia de Cosme & Damião. Seis meses antes da pandemia.

Consideramos que o Rolé Literário *é um Mutirão*, e não um simples coletivo. De onde somos, mutirão faz crescer casa no muque, na parceria. É a expressão da mais pura camaradagem. Tem o cansaço da obra mas tem poesia. O balde, que virou massa, depois vira repique de mão. Vem a voz, o violão, a cantoria. Um mocotó ou uma feijoada esquentam o bucho. A cerveja esfria o gogó. Se constrói o lar de um amigo, que também passa a ser nossa casa.

Essa é a ideia do Rolé: possibilitar uma morada para a nossa subjetividade. Valorizar nossa capacidade de criar. Para ficar bonito: a nossa *poiesis*. Libertar nossa escrita. Valorizar nossas memórias, lugares, pessoas, modos de vida e de dizer as coisas. A literatura sacralizada não nos interessa. Nossa literatura bebe cerveja, sai no bloco das piranhas, pede licença aos orixás.

Quando nos reunimos no Bar do Papa, na rua Cândida Bastos, número 164, espaço que guarda nosso QG, o *Espaço Lítero-Etílico Suburbano*, queremos nos permitir (e permitir a outros) a alegria de exercer a criação em mutirão. Libertar corpos *(corpus?)* e mentes. E, entre uma escrita e outra, levantar uns copos. Por que não? Buscamos a difusão, a promoção, a produção e a divulgação do que se escrevem pelos arrabaldes da Região Metropolitana. *É* pra colocar nossa literatura na pista, na calçada, na praça e em todo lugar mesmo! Não queremos mais esperar alguém "nos dar a fala". Decidimos pegar o microfone.

Aproveitamos, assim, para transformar o Bar do Papa em nosso palco, realizando eventos, sempre promovendo a escrita e a cultura suburbana através de saraus, lançamento de livros, oficinas de escrita e aulas públicas. E quando o bar fica pequeno, a festa vai para a rua, como deve ser. E quando até mesmo Cascadura fica pequena para nosso Rolé, vamos para outros espaços, como feiras literárias e exercitamos as multilinguagens, através de movimentos como o Viradão Suburbano, a FLIPortela, a LER e o Madureira de Portas Abertas. Ou seja, a encruzilhada que ocupamos no bar nos levou a diversos destinos. Como nos diz o grande Luiz Simas: *"encruzilhada não é labirinto"*, ou seja, não é lugar de estar perdido, sem saída. A encruzilhada é, simbolicamente, um espaço de várias possibilidades. É o lugar do encontro, da diversidade.

O núcleo desse mutirão cultural, hoje, é composto por: **Philippe Valentim**, suburbano de Marechal Hermes, professor, escritor, agitador de bagunças culturais e contador de causos. É idealizador do Rolé Literário e do Viradão Cultural Suburbano. Valentim é aquele tiozão que cria os laços familiares, aglutinador. Seu quintal está sempre aberto para a família e os amigos. No peito muito amor e a medalha de São Jorge. Na mão, o copo com a cerveja gelada. **Flavio Braga**, vascaíno e portelense, apesar de ser ruim da cabeça e doente do pé. É, também, um dos fundadores do Mutirão Cultural Rolé Literário e do coletivo Engenhos de Histórias. Cria da Piedade e do Encantado. Além de escritor, Flavio também é professor e músico. Um rebelde sem calças - usa bermudas. Flavim é a tenacidade do Rolé. A constância diante das adversidades. É como aquele velho morador do bairro que está sempre a varrer a calçada das folhas mesmo sabendo que a tarefa é ingrata. **Fábio Carvalho** é um professor que teima em escrever, e teima muito bem. É nascido e criado em um bairro, como ele diz, quase desaparecido chamado Andaraí. Chegou ao Rolé pelo Flavio Braga. No futebol, seu coração bate mais forte pelo Flamengo e, no carnaval, pela Flor da Mina do Andaraí. Fábio é aquele amigo que quer nos levar a todos os rolés possíveis. Mesmo que a gente não possa entrar, é aquele que dá um jeito. **Janaina Nascimento** é filha de Oxum. É cria de Parada de Lucas e rolezeira desde os bailes funk dos anos 90. Chegou ao Rolé Literário pelo Valentim. Tem um coração flamenguista que se deixa levar pelo rio azul e branco da Portela. É professora nas salas de aula e aprendiz nas ruas da vida. É nossa rezadeira. Sempre nos colocando em contato com o sagrado. Ela cura pelas palavras escritas com a caneta do afeto. **Pedro Machado** é o caçula. Um jovem misterioso e inteligente. Que os mais velhos acham legal porque não é de bobeira e deixam ele participar dos rolés.

Estes somos nós.

Esse manifesto é mais do que a materialização de um sonho coletivo, é um dos caminhos que nossa encruzilhada nos proporcionou. Coroa uma trajetória em grupo ainda recente, mas movimentada e cheia de riqueza, mostrando que os subúrbios têm muito a oferecer com tantas pessoas apaixonadas pelas letras e pelo pedaço de chão da cidade onde vivem. É mais um dos nossos "nós por nós", como sempre foi desde o início do Rolé. É nossa laje construída sobre bases sólidas e inspiradoras.

Sob as bênçãos de Lima Barreto, Solano Trindade e Carolina Maria de Jesus, nos reunimos nestas Encruzilhadas Suburbanas!

PARA SABER MAIS:
@roleliterariooficial (Instagram)
@litero_etilico (Instagram)
facebook.com/roleliterariorj (Facebook)

O

Este livro foi composto em papel pólen soft 80g
e impresso em agosto de 2023.

Que este livro dure até antes do fim do mundo.